美妙文成

慕白　主编

长江出版传媒

长江文艺出版社

文能行远

◎慕　白

"大道行思，取则行远；上德若谷，不弃不休。"

"铜铃山杯"诗歌大赛已经举办了五届，每一届取选优秀诗作100首（组），每一届成果编成一本诗集，这是第五本了。感谢全国诗人朋友的关爱与支持。

前贤有云："文成，文成，无文不成，有文乃成。"守土有责，不愁时人讥讽盲人摸象；痴人说梦，常恐后世指骂尸位素餐。

美哉文成，美丽文成，诗话文成，诗意文成，美妙文成。我是文成的土著，文成是我心中的故乡。

我有私心，想为文成这一亩三分地留下一些诗文，提升文成的知名度和美誉度，故不惜冒天下之大不韪，口出狂言："写诗不到文成去，自称诗人也枉然！"唯愿天下好诗人都在往来文成的路上。

诗者，史也。有诗为证，文成是个好地方。

好的诗歌有温度，给人温暖，走心，能让人从善，看到光明。

红、白、黑、绿，姚黄魏紫。口语也好，学院也罢，诗歌永远没有统一标准。

统一标准的是文字，不是文学！

我对诗歌从没有门户之见，不看您简历，不管您出身，只要您是真诚的诗人，我都喜欢，我都欢迎。

温州是古代山水诗的发祥地，因谢灵运而千古流芳。文化需要积淀，不可一蹴而就。文成是刘伯温故里，众人拾薪，一百年之后，我期望文成是现代诗人的麦加。

有诗有酒有远方。还要有你。

文能行远，下一届，下一次，期待有你！

不管您从哪里来，我们文成见！

2018.10.28 于文成

目　录

在文成的山水间（组诗）

◎白 兰

云雾

道士把道风给了岩石
神仙把仙气给了山雾
这一路下来　峰上的山雾一直撕扯着云彩
山林把隐居者的心藏了又藏
把无限的空远遮蔽
一座山有多少玄机　这云雾
每一次翻动都是一种暗示。

隐士总是避开尘世的锋芒
山越深　修行的心越坚韧
无为如草木的人
在此领受一座山的孤傲和意志
大雾悬于峰顶
去与留　都很自由。

过一道山梁　大雾突然没了
草木明澈
能见星月
啊　一座山放下得如此决绝
让我这颗凡俗的心
感到了负重和卑微。

在铜铃山上

一座山美成这样
可以邀星月唱情歌了。

林海与云朵相连不是童话
高山出平湖也不是传说
神的刀斧手
在铜铃山上凿刻出仙人的行踪
道士的江河
只要你卸掉红尘就可以领悟

一只鸟一飞　带动起了大片的雨水
那些悬空的石头像极了神的肋骨
触摸一下
就有回声……

铜铃山上诞生了无数个我——
水里的　崖上的
当我站在高高的悬空栈道上
就像一片飞出去的柳絮
一个小小的妄念
都会把我推下万丈深渊
我攥着拳头一喊
另一个我就从遥远的地方赶来。

千年香樟树

多少路过的书生名落孙山
多少远足的行人浪迹天涯
多少小虫子喂养了多少只飞鸟
多少闪电在它之上　咔嚓一声折断了前生

多少朝代站起来又倒下
多少修仙的道士　一去不复还……

而它活着　活过了一代帝师和远去的流水
活过了法布尔的昆虫
沧海上的海燕
2017 年 3 月 24 日的早晨
我在山脚下　看它硕大的树冠对峙着天空
微雨中
它的根须深深扎进岩层
和地下的河流　泥土
发生着暴动……

和达照法师对话

师父　我没去聆听您的开示
我在大殿里做晚课
"都一样" ——　法师如是说
一千条路能登上同一座山峰
一万条河会流向同一个大海
法师　见您　如见如来。

那天光阴清明
我过山门　进大殿　拜藏经阁
山门后的山对着天空
一座须弥山
有万千的慈悲
如若让心再轻些再轻些
我需要一次次低下头
对着山门　大殿　和安福寺之外的群山。

夜宿天鹅堡温泉度假酒店

大山的寂静加深了它的寂静
我在它的暖房里
像一只慵懒的猫
银钟花在小风里舒展开一片花瓣——我没看见
短尾猴在枝间跳跃时碰碎了雨水——我没听见
哦　我睡得比一座大山还沉。

我梦见了一个道士领着一群流水
白云下
一只白鹅的脖颈伸向湖水
心无挂碍　无有颠倒恐怖
多好啊
我愿意这样睡着
年老的我在上帝的一张白纸上
无限缩小……

高山流水

水从高处下来　像奔命的白狐
水从高处下来
像孤独者听见了亲人的呼唤
我驻足时
前一秒已经消失
我爱过的恨过的　也已奔流而去……

水有一万种风情　铜铃山上的水
有相聚的快乐
离别的愁绪
在岸上踏歌　懂你的人必会听出弦外之音
当我低头

一片水里晃动着一片云彩
多默契啊
它们一样地颤动
那些知我的人
也如这高山上的流水
在我拾级而上的途中
轻轻环绕着我的心。

朝山路上

过文成县城　向西
洞宫山一路迎送
峭崖上的竹林和松涛　像大山的翅膀
越走越高
越走越接近修行者的心。

大山有无数个是与不是
出与进的路口
此时进山　最想领略到一道峡谷的空性
清明前的雨水飘起
山梁喝醉了
它的子孙纷纷出动　啊　满山的云雾！
都在触摸着苍穹最高的渴望。

小隐者　在山水之间
把出世的心捧给春天
绝佳处满眼都是道骨仙风
一座山这样如如不动
我们何须万丈豪情　在陡峭的人生中
滚一身的风尘……

山水相逢（组诗）

◎段若兮

铜铃山

山风握流水为长笛，把花香吹乱
小路从云中落下来。这千丈白绢
一端牵着你，一端牵着
深山里的人家

鸟是开在云中的花朵。鸣声落下来
化作鲜艳的露水
青山的屏风在等待一首绝句
要用雨水的绿手指来写
要写成娟秀的梅花小篆
要由不识字的纺线阿婆来读
……慢慢地读

红灯妩媚。清风把松涛一寸、一寸
递到你的怀中
时光潋荡。潭瀑如迷阵
虫鸣晕染暮色，时浓
时淡……你解甲，白马送人
长剑打成花锄。守一处茅檐
栽花，养鹅，沐风，听泉
四野静寂。肩头繁星葱茏
白月亮从琴弦上走下来
枕水而眠

红枫古道

长风击月为鼓。
大夜轰鸣！
天空陷于峡谷，大地被抬到云中

红枫占山为王，每一片叶子
都端起酒樽。燃血为柴
斟火为酒
群星缄默，坐在你对面，举杯
陪你共饮
酒要烈！血要滚烫！泪水
要按回心底。放下酒盏
转身，就不要回头

……在你身后，红枫
又一次把九月推入火海

云湖

弦月的玉佩，戴在湖水琉璃的颈项上
鱼群站在天空

星子飞倦了
收拢翅膀，栖落在湖水的巢中
水草婉约，牵住云朵的衣襟

涟漪心事万重。云影层叠
无酒，花香已是酩酊
……最先醉倒的是船工
扶着一朵白荷回屋
只把竹筏留在湖面上

等人

飞瀑

不是水！是悬崖上跑下来的野兽
金石的骨骼，裹挟着
雷霆的呼啸
越过绝壁，闯入深潭

大风癫狂！雁翅上的尘埃重如铅块
野兽撞水而出。用闪电的利爪
攫住你，把你押上悬崖
抱紧你，一跃而下
坠入深潭

……四野震颤。山折为两截
云朵匍匐！

刘基庙

青苔如染
天井里月色陈旧
屋脊上石鱼的尾鳍连着一片海
只要一场雨，瓦当上的花纹
就能活过来

庙宇都是先建在骨头上的
入头门，过仪门，至正厅
走完一个人的一生
后有追远祠，四进五重
再建"王佐""帝师"两坊
以证你千秋功德

桐花落。香炉里烟火寂寥
长廊落满金子般的夕阳
雕像庄严。身后青山万重
脚下流水环绕
——你把山水都扛在肩上
怀揣黎民的人，日月会为他加冕
"经天纬地为文，安民立政为成"
"文成"，用你的谥号
为一座城的命名

爱的源头是一缕空气（组诗）

◎马晓鸣

一弯瘦月

文成人已养成一个习惯
有月亮的夜晚都喜欢抬头看天
这不是秘密

看，看，看
10万侨居在外的亲人
年年岁岁，把月亮都看瘦了

一弯瘦月，真的像镰
年年岁岁割着，割了又发的乡愁

一滴水

其实是再普通不过的一滴水
在百丈漈
一滴水和它众多兄弟滚滚向前
从207米高的地方
一个猛子扎了下去
它们是"天下第一瀑"的演员

一滴水在百丈漈完美谢幕后
仍然向下，向下，水往低处流啊
哗哗啦啦、哗哗啦啦

这是一滴水为另一滴水鼓掌

一缕空气

一缕空气是从一片森林出发的
与一条小溪、一叶小草、一颗露珠
——擦肩，最后抵达它的目的地

清晨，我在文成与一缕空气
一缕看似平常的空气
撞了个满怀

一缕空气在我的体内汩汩流淌
它正在洗去我肺里的肮与脏、疼与痛
我好像就要脱胎换骨

一缕空气让我爱上了文成
像一件玄妙的事

我将在这里卸下尘世的困惑 (组诗)

◎翁美玲

在铜铃山

落日，生长着鸟鸣
铜铃山的雨水，清泉
天籁的风声——

究竟用了多少时间
亿万年前的剧痛，落地生根
石头作身体，安然于天地间
石楠，薯豆，苦丁茶
或者汉语，爱情，故乡
它们都能说出一座山的本质

斑驳的石块，一棵树的年轮
细雨和阳光在同一天降临
行走在两个天地之间
即使是一只觅食的猴子
也有足够仙气，独踞山水

乙未年，我们来自不同方向
以文学的名义，点燃篝火
举杯对饮，却没邀上明月
而我两手空空，误入此地
明日立冬，我将在这里卸下尘世的困惑
低身，把时间交给河流

泗溪河边

异乡和故土之间
有前世遗留的缘分
在此驻足，灯光骚动
日和夜，它们彼此相依
泗溪河的水在流动

温暖中，有什么理由不叫它们相爱
水底埋伏的柔波，风生水起
将她一次次地推向彼岸

月光，在向谁诉说
力量不够吗，那洒向人间的白
散落在四野的虫鸣，都是我今生的爱

除了前世的约定
没有人能湿润我的眼睛
渴望更确切地深入到山的腹部
泗溪河在身边轻轻流走
过去，现在和未来
弱水三千，一滴水就是一座庙宇
相爱却不能厮守，这神奇奥秘的旅程
始终含着一个艰难而痛苦的词

月亮之下

有人对着明亮的篝火朗诵——

我习惯于仰望，而你常爱隐遁
只有淡疏的几颗星火，如灯盏
铜铃山的高度，已不再是夜的唯一背景

白日晃动的风云，还在延续
河流向下流淌，我只能低首
树木扶疏，这一枝一叶都有思念
在铜铃山庄，在明月下，在篝火旁

遇见苦丁茶

最初，你以大叶冬青来命名
与我相遇，在铜铃的半山腰
白净的花，苦涩的味蕾
与草木为伴
只因卷入一场烟火，从此身世坎坷
这命中注定的流程，谁又能改变
在当下，音乐和爱情已都无效
你只好以药物的身份来舒展
远古的时光一落千丈，从前世走到今生
没有人知道，不是谁都可以爱你
你让人把欲望撤下
散风热，清头目，除烦渴
甘洌的清泉，它能说出你一生
你并不是单一的世界，我也同样
浓稠的风，吹散落日的寒凉
有人不停地捡拾落叶和树枝
试图与过往的时光重叠交合

在百丈漈

飞流直下，这从天上赶来的水
向下倾覆的柔软，绝壁悬崖
所给予的决绝

这千回百转的撞击　上下天光

滋养的玉　是如此的温凉
莺飞，草长，不同身世的轮回
苍穹，我，被泅渡的生灵

万顷之绿，为你颔首
波光水影，被鸟鸣一度点染
在你面前，我捂紧尘世的疼
却无法转身——
你的飞倾之力，灌满
我的身体。我是如此渺小
在你 207 米的伟岸之躯下
凝望成一株草木
像那些红的、蓝的、紫的，或白的花儿
捧着晶亮的水珠

在红枫古道

风起，罗裳轻漾。
飘渺的云雾，时空转换
我来到了这里。
雨，却悄然来临
带着水，滋养着我的胸襟
枫叶，带着锯齿状
落满一地
火焰继续向上燃烧。
此时，远古的时空呼唤
我仿佛把自己走失
走向更远的古道
走进更深的时光
走进暮色
我要悄悄返回

铜铃山记

◎王太贵

一

登山之前，我是一个彻底的怀疑论者
微信里的山水，永远无法突破
相册的容量。昨夜，拐杖在梦里
点石成金，所以当遇见状如白鳍豚的石头
从沙石里探出头颅和身子时
我的心，颤抖了一下
凭什么，要让一块石头
活在人的假想中？景区指南上
中文和英文的间距适中
还有更多的石头
被命名，被翻译，被蒙尘的眼
带入光线摇晃的午后。倦意袭来
十二潭池的凉意
要远远大于神话的吸引力

二

修竹独自生长，连同胎记、菌粉
以及溪水的潺潺声，光芒从竹枝的缝隙
滴落。而流水，一定在夜晚拆解了地球的引力
现在，它们以比喻或者代言的方式
重新回到了高处
匕首似的竹叶，悬挂着圆润的错觉

不能说是弃暗投明
也不能指望作为竹签的化身
在铜铃山这座巨大签筒内
摇起天下人的命运

三

花朵落在流水上
腐叶落在流水上
斑驳的树荫，落在流水上
像在表明某种不舍
从上午九时，到日薄西山
潭、滩、湖、溪、河诸处
不断有光影在练习炼金术
墨绿处，恰似恍惚之心，若隐若现
漩涡处，浪花簇拥，该了结的恩怨
被流水的皱纹，记录在册
石头一度喜欢上了藕断丝连
怪兽都被摁进了水里
鳄鱼、飞龙、卧狮、钻山牛
我是唯一被铜铃山
领养的动物

四

山峦下的那朵浮云
峭壁上的一株野花
白郎漈深处的那尾游鱼
还有，天竺桂、花榈木、鹅掌楸
黄腹角雉、猫头鹰、毛冠鹿
在高密度的森林覆盖率下
可以自由出入人类的朋友圈
是的，我满怀爱意、惊喜和渴望

我小心翼翼地打开手机
并关掉闪光灯，心跳趋缓，脚步轻盈
调准焦距，当精致的摄像头
聚焦对准时，我仿佛看到了人类的
胆怯和愧疚，那咔嚓声
无数的咔嚓声
蕴含着深深的孤独

五

那些在峭壁、悬崖、危岩上流淌的水
一定抖尽了身体里的骨头
它们决绝，但又不失哲人的冥想
虎口二瀑，状如血盆大口
一道白练，连续经过两次朝圣
倒立着奔赴碎玉的图腾
何尝不是一种羽化而登仙？
青苔如毯，藤蔓入心
告诫我们不可与幽谷论道
也不可与瀑布的人生观
心有灵犀。逻辑渐入混乱
可在铜铃山
更多的人，经历了内心的雪崩
深潭的水，如抹了釉彩
又不断抽泣的哑剧
千山万壑在后退
我们的剧目，一次次跟随水的流向
遍体鳞伤

六

荆棘丛生，秋风的刀子
割去一部分，语言的碎渣

在流水的利刃上
泛起无数细微的泡沫
野果探出的锃亮脑袋
忽明忽暗，坠落于地的果子
即将腐烂。香味和肉体
忍受了多少凄风苦雨
才换来一次同大地长眠的机会？
不必计较潭的得失
我只需要跺跺脚的工夫
铜铃山清脆的梦呓
就从哀怨，转向了咆哮

七

择一山而终老
这话似乎只对壶穴潭有效
光芒幽闭，涟漪似残骸
正在上演一场好戏
潭口小中大，深不见底
我怀疑这是因为，它偷听了
太多游人的话语所致
岩壁上，古藤推开一层层鸟鸣
作为铜铃山最末音节
缠绕，盘旋，却从未停止过
对美好天空的攀爬

今生今世之文成一唱三叹

◎袁东瑛

1

说到文成
请不要念及千年之前的唐朝
一个公主的名字

确切地说
文成是巍峨的山，淌玉的川
是旖旎的峡谷，绝壁飞虹的瀑布
是蔽天可摘日月的古枫
是黄金水道、旱涝保收的南田大平原
是亲亲故园
可以掘酒，弯腰对饮
可以抱头痛哭

2

仿佛只是一眼
一眼，便跌入你的深渊
十二壶穴，我是你的倒影
是冲出虎口的泡沫
是刚从沙石探出身来的白鳍豚
是横行江湖的嶙峋藤蔓
植根于绝壁之上

也是与日月厮守的菩提
漫漫长烟中
历史像背负长剑的侠客
隐于明镜的深处
江湖一笑
究竟泯了多少恩仇

有人听见佛音
有人看见墓穴
而安福寺的钟声
还愿了多少心形的流水

3

山有高度，才为山
水有长度，方为水
山高水长
说的可是百丈漈峡谷
是陡立的通天岭

是不是不登高山
便不辨天道
是不是不涉龙潭
便不知阴阳
铜铃山可以让云去说神奇
曼妙的雾霭
又隐藏了多少玄机

大道至简
奉天有多少承运
作古峡凌的《推背图》和《烧饼歌》
预测宏观了天下多少曲折
"天下有道则显，无道则隐"

4

挥一挥长袂，云在青天水在瓶
我不想拜别我的故园
这久违的亲切
这被泗溪染绿了的一生

我想就此打坐
让那团祥霭与山谷的梵音通灵
我想是低处的水
流放一块石头的自由
颍川认回飞鸟

我也是神潭里的那尾鱼
幻化为香气的昆虫
饲养潭根
更是滩底的赤石
冲出十二龙门的那道道血花
今生今世的爱
那么深、那么深地凝结
于此

诗咏文成四季（组诗）

◎ 邹冬萍

仰望百丈漈

春风浩荡。派出一万只蝴蝶作为铺垫
埋伏在山间的鹅掌楸，也拍起了象形的巴掌来助威
而被春风从那一世里唤醒的桃花，早已将
这一世里的桃红注满枝头的酒杯
浩荡的春风啊，无边地辽阔
却也比不过此间浩浩汤汤，从天而降的百丈漈

似有一万只白马，奋起了前蹄，甩动着马尾
从倒悬的天际，狂奔而至
似有一万只猛兽，发出了兽吼，将天地轻摇
似有一万只铜鼓，齐声铿锵，令山川失色
百丈漈啊，尽管我卑微有如你崖下的一棵小草
我也注定要完成今生对你的仰望

你是一条从云朵里降生的白龙
蜿蜒在天地与山川之间。将大山的坚硬折叠成
三道柔软的天梯
你至柔、至性，也至刚
你的每一滴水里，都倒映着百花的柔媚与芳香
你的每一声呐喊里，都有大山掩饰不住的真情与率性
你的每一次奔涌里，都藏有石破天惊的力量
可碎山石与巉岩

在你面前，我的仰望顿然化为天地之浩叹

百丈漈啊！我想成为颠覆在你上空的一片云
将终身的爱恋化为无尽的雨，倾入你的波心
我想成为你水底的一条游来游去的鱼
在你激流跌宕的胸膛轻拨爱的琴弦
我想成为岸边为你守护春天的一棵桃花
为你斟上耳语、蜂蜜与小桃红酿成的酒

百丈漈啊，在你浩大的声势面前
我在尘世里无处可安放的孤独，突然找到了宣泄口
我长发飞舞，有若蝶的双翅，连同翩跹的衣袂
还有我此刻按捺不住，跳足而蹈的灵魂
一起退回到你飞花溅沫的柔软与浩大里，退回到你直立的河
　　流里
做回一条幸福的小鱼儿

捡拾飞云湖的夏天

我是山间草木派出的一盏萤火
负责为青山、野花及游人指路
你是上天刻意收藏的一枚闲章，直待青山做好了铺排
空出了半壁的江山，你才完美地钤入预先的留白
成为柳杉、鹅掌楸、红楠、深山含笑，想要拥有的家园

星空，无意透露一座湖的隐秘
保持神祇应有的神性与光辉
而我，却不自量力，闪着荧荧之光
托起飞龙湖边这座直立的江山
把它祭献给夏夜的苍穹与北斗
有风吹过花的流年，锦瑟有如七彩的霓裳
倾覆了一面湖的波光

必须忍住体内潮起潮落的火焰
方可从容地将你写入我的分体字行
必须请来三生石上的一卷经书

方可悟道，世上哪有无缘无故的爱恨与聚散

残月如钩，俯首将铜铃山托举至眉心
有大美之色溢出。夏天在你掌心里荡漾
而此时，是否该有一只孤独的鹰隼低回
双翅拍打你清可见底的水面，将巉岩与庙宇一同忽略

草木葳蕤，在这举世浩大的沧桑里
对垒出一面湖的光可鉴人
星夜之歌，开始在我明灭的萤火里相思成疾
而我想要拥有的尘世，不过如此
泛舟湖上，用一支桨划开你的孤独
迁入青山与桃红。迁入辽阔与无垠
惊飞一行白鹭，却捡起了一个夏天

读不懂的光阴里，始终留有一片枫叶的红

溪流的温婉里，注定会被加入一些火红的元素
将山川点燃成深秋里最为盛大的主战场
唱腔繁芜的鸟语，在铜铃山独有的气质里
开凿出一些明艳的意向。将这有悖于巉岩冷峻论的温暖
绣入斜襟的袍袖。有环珮虚饰过的容颜，有风吹送着秋天的
　　耳语
有我凌乱的发丝拂过的笑颜。有手机千万像素里典藏过的
　　时光
如魔咒加持的宝瓶，静悬

需引来一粒爱的火种，种子里必须要拥有雷电的热力
方可一泻千里。方可将这翠冷的大山点燃
而你要做的，无非是手腕轻抖
一块举世浩大的红绸，就飞上了山峦的肩头
你拧着小蛮腰，迈着莲花步
摘下一片火红的枫叶，给未来的自己写封信

信里。必将有一些鸟鸣，霜染了秋天
不知可是在呼唤它们各自的爱情？
在这无从知晓的谜题里，有我读不懂的光阴
而我始终相信：这些读不懂的光阴里
必定会蕴含生命的课题。包括你，包括我
包括万物的生死轮回，始终留有一片枫叶的红

冬宿铜铃山，梦想一树梨花开

一座青山，一盏禅茶
堪堪好用来修复前世里遗忘的半阕词
明亮的红泥小火炉，将一面山谷的空
裹进冬夜的词语里，反复焙烤
窗外飘零的白雪，却将万物盛殓
批发给漫漫长夜，一再蹂躏
我坐拥这清冷的夜色，听一只夜宿枝头的鸟
反复吟唱着爱情

禽鸟之爱，草木之爱
原本就是这铜铃山上世世代代轮回的主题
簌簌有声的雪花，滴落瓦檐
那分明是路过的神祇留下的偈语
静谧的夜里，远方可有已敲过或待敲的钟鼓
我无从知晓。只是明了
世上没有白敲的钟鼓，没有白做的功课

尽管此刻还是严冬，我知道总会有一树梨花
在我生命的错季提前开放
这应该是上天能赐予我的、最为盛大的恩典了
在这样的恩典里，我反复提醒自己不可辜负
眼前的良辰美景

我要将时光锻打成一枚银戒指
在一树梨花所拥有的光年里，刻上彼此的名字

让爱与温暖，押入雪花的韵脚，为铜铃山写一首小情诗
而你，就此拥有了花的媚骨，成为我体内最为妖娆的部分
而我，就拥有了你花瓣上的雷霆，舌绽的芬芳、腹心里的蜜

雪花飘，梨花落
你眼里的春天带来一朵花瓣上的千军万马
而我，就是等待这花开花落的有缘人

在铜铃山（组诗）

◎杨 志

斗潭

人之言说，荒谬者
美丽、深刻。在斗潭听故事
顺着涟漪，水的喧哗
来自不可知。犹如我们的出处
大地诸般事物
微差大同。寻石坐下
四顾：湿漉漉的铜铃山宛如得道老人
亦如二八少女
体温凉，有皱褶，也光洁
能在此安居
修行，当是绝美之境
正是午时，所有的亲爱的
慈悲的，请闭目片刻，与这山水
这浩浩荡荡的流动
与静止，来一场春秋大梦

卧狮岩

大地造化，请让我昏眩三秒
再凝神仰望。狮子，再猛烈的事物
亦有安静之时
它一定累了，于此仙境
与某位神灵盟约。"清静为天下正"

我靠近抚摸
雄武的，铜铃山的蹲守者
与背后的五叶莲花
哦，神话复活，借一枚野菊
我似乎看到：飞升的女子满身丝绸
还有绿萝，莲花瓣上，清水滴落
正落在卧狮的眼窝

灵崖

唉，叹息一声，方才与深谷
流水，获取共鸣。人之虚妄在此动荡
于雾霭之中，消泯尘俗
而我多么庸常，从大地隆起
多次迁徙，在铜铃山
灵崖下，我突然想：一个人筑庐居住
不与人争，听命于天
流云、卵石、涓水，还有鸟儿和昆虫
当是境界，也当是超度
为众生，也为自己，肉身和心灵

在铜铃山

大地呼吸，草木之声
出自天庭，斑驳光照如天使
我席地而坐，仰头被树叶打疼
低头蚂蚁，和一只小虫子斗智斗勇
由此想到自然，巨大的机器
它多么精密，富有人情味，把一切都安置得
因幸福而微微震颤
热汗和风，洗劫整个身体
灵魂像飞瀑，活泼伸展
亲爱的人在我前面，后面那些

正像我一样心神安然，站在巨大的石崖下
我爱整个人类
和他们的不良嗜好
美德同在，如此寂寥而美好

箜篌引

◎林　莉

一

铜铃山多良木
春雷落于此
可辨其伶伶音色
如颠沛樵夫，峭壁凌空之叹息
之长啸，之呜呜然
呼之怆之

二

山中日月悠长
一株银钟花，独立蜿蜒处
纵飞瀑扣石声绵绵不绝于耳
花开，五百年已过
花落，又五百年已过

三

所谓除却巫山之冥顽
不过是此刻
战战兢兢，一意攀爬在悬空栈道上
而忽略，弃绝山中美色
正涤荡心旌

四

涧水起于峰脊
又落入深潭
蓝，幽蓝，绿，祖母绿
这孤独的大鸟
必有藏而不露的秘密
和隐痛

所谓难为水，包含着
流涧般的快活和劫

五

烟云松软，是真实的吗？
青苔覆住岩石和树干，是真实的吗？
挑着木排走下石阶的山民，是真实的吗？
九十六岁失去视力的老妪，是真实的吗？

琴鸟的眼里起了雾
鸟鸣山空，你在，你不在
是真实的吗

六

额间贴桃红
青衣沾寒露
薇薇姑娘在山下天鹅堡小镇
给远方的人写明信片

一个多么肆意的良夜

不问山外事
趁着大雨急敲屋顶
没有地址、收件人
亦可将湿漉漉的自己寄走

"甜槠树在雨夜
互相交换了眼神和战栗"

七

安福寺内，一株灼灼玉兰
安福寺外，一株灼灼玉兰

它们于达照方丈，是慈悲，是方圆
是斯世同怀，皆净，皆空

于我，是心有一念，是求不得
是娑婆世界

八

欢喜心，缘自一树玉兰
与尘世的距离
远，可通天地人
近，照拂肉身泥命

万物各从其道
不增减，不生灭

玉兰，半开半落

九

白云庵生古道，曲折而上
那里居住着未曾会晤的神明

红枫，苹果绿的
藤缠着树，苹果绿的
石阶缝隙中慢慢爬着的蚂蚁
苹果绿的

从云峰山顶往下看
我们，是另一队蚂蚁
苹果绿的

"我心里有一块翡翠，但永不示人
我要独自美一会"

十

一轮红日，又大又圆
从雨后的括苍山和飞云江之间
跃出，又倏忽消失了

我们失声痛呼着
好似生命中最重要的那件珍宝
在人世隐遁了那么久
刚一照面，就不见了

过错中孕育着生之美意啊

十一

清晨，推门
畲家小院，几枝杏
斜斜的、碎碎的，带着雨

从树下走过的老乡，略佝偻、苍黑

美或好里有毒
有鸡皮疙瘩

十二

孤鹭立于溪中一卵石上
倒影，被波光搅乱

我们偶遇的老妪，九十六岁
眼睛已失明，听力尚存
她着黑衫，拄拐杖，倚于土墙旁

这些天地间孤独的物种
良善、卑微 。菩萨——
请保佑他们

十三

我们打听小溪的名字
她摇头，听不懂
又转身拿来山中刚挖的春笋
比画着问我们是否要买走

她年岁已高，只谙畲族镇方言
她和富相国、富文、赵超构一起活着
她和文昌阁、马栏基、太师堂一起活着

她活了很久，形拙，色怯
她活了很久，自己浑然不知

十四

顺溪而下
可见富相国府中
富家小姐发及腰，临窗立
镜中
她和铜铃山的朱颜
远了，近了……

几百年后
有村民在府中玩纸牌
两个妇人，对坐，捻线纳鞋底
庭院里一缸豌豆花，深紫
那些瓦当、雕花，黑中泛白

唯有相国祠前的语溪
它欢快，饱胀，葱茏

岁月从不饶人
却轻轻放过了它

十五

梧溪村北去，达南田镇武阳村
先生，请恕小女子这厢无礼了
至中途，而折返

像命运中许多个仓促停顿
后退

吾等终究是要抱头痛哭的人
也是要久久别离的人

若至元末，吾必白衣素手
于石桥一侧，佩剑，上马
与尔一骑出武阳，江湖两茫茫

是寻常，也是无常

十六

烧饼歌里有天象
一池草色里有天象
万蛙鸣里有天象

先机、谋略、风情
兴衰、凶吉、变迹、天道
不是真实的吗

黄金塑造的头颅
铁骨、忠肝义胆
不是真实的吗

丁酉三月
武阳村口古樟下
枯坐着一老汉，黑瘦，寡言

十七

山坡上，几间倒塌的土房子

露出朽烂了的梁柱
黑瓦上，已不见炊烟

只有满坡一年蓬，像心事未了的故人
风过处，哀哀而动

它的喉管里始终压着一支离歌
咿呀着，一声可致命

十八

他们在包山底吃茶，吃酒，吃土
他们犁开体内的墨、山脉、河流
庙宇、一亩三分地
在旷野里，愈走愈快，愈走愈远

七百多年后，他们回来了
在一座隆起的土丘前，忘记了自己的前世

苍苍村野多异数
这人世的信男善女啊

这人世的骨
这人世的肉

十九

三宝，藏族青年诗人
丁酉三月某日，欢快行走于铜铃山腹地
七月某日，在藏猝于心肌梗死

铜铃山，有生殖繁衍的亘古蓬勃
也深藏死亡的安寂迷香

所以，我们不急，上山的路很长
下山的路也很长

晚来风急
途中，总有人要先离开

二十

孤筏远渡的人们离去时
包袱里藏着一把土
归来时，一口井水喝着喝着
就从眼睛里流出来

好人、坏人、穷人、富人呀
自古山川多敦厚无言，恰好安慰
我们离奇的一生

二十一

乙未五月，我们未能前往
先生已遁青山去
丁酉三月，我们在山中
寻隐者不遇

山高云深
这世间总是独少那一人

一只苍鹭，从铜铃山深处
飞出来，又消失了
消失了，又飞出来

二十二

红楠向红楠作揖
深山含笑向深山含笑请安
娃娃鱼和猴子，共读一部无字天书

只身此山
草木非草木
一代帝师非一代帝师
你非你

天色向晚，迎风之石
自成利器

二十三

须知铜铃山多良木
择一二
可制为世间失传已久的乌有之物

括苍山为凤首，飞云江为弦
是夜，大雨
万物各从其道，静候佳音

空山绝响
你在。你不在。

铜铃山绝唱

◎田 暖

1

一路穿云走雾
也分不清到底是细雾还是春雨
这美的迷障
欲望一步步退后，人在水墨画里穿行

我迷恋这蘑菇形的屋顶
庭院，修竹，山谷环抱着群山
鸟鸣不绝，一切犹如神赐

天鹅，从黄昏张开翅膀
假日的天鹅，如你
把我们带入众神隐逸的家中

2

山推开雾，阳光推开山
含笑，合欢，银钟和杜鹃
在山中，绿笑红鼙
而佳人在约，君子浩荡
沿一路山阶山容水姿

你看每株植物里
都住着一位微物之神

你看每脉山水图里
都藏着一个人的灵魂

朋友说
山是寺庙，水是卧佛
愿青苔护佑树皮
愿山水保佑这个世界最初的面目

3

陡绝的风景
把人置于悬空的栈道
走在上面
我感到摇摇欲坠，腿脚发颤
我不敢看脚下的缝隙和漏洞
勾连的无底深渊
水流在谷底翻动珍珠的泡沫
一段绝险的路途
一个小心翼翼的人
只能摇摇晃晃地朝前走
我远远地看着那些勇敢的人
在前面，走成了风景
一排排站成溪涧的石头
波光倒映着山峰耸入高空的身影

4

山的心跳，云的心跳
落在湖水深蓝的眩晕里

山动，云也动
我在微澜里许你一世心跳

就从这里停下来吧
两个倾靠的身体是两棵连香树
松鼠，娃娃鱼和竹叶青都是我们的孩子

5

在安福寺，净手净心
把你来我往的悲喜和混浊
清洗了一遍，又一遍

在经堂上香，听达照法师
讲忍辱，讲慈悲
身穿袈裟的诗人是香烛点亮的光线

玉兰开成了诗
翠竹和百草在四周，像风中的经幡
一棵玉化树退到经堂后面
它的内心凝聚了上亿年的光泽

站在藏经楼上远眺
寺外是九重山，山外是九重天
所有绝望或幸福的，痛生或欲死的
人人抱着一本难念的经
诵戒，羯摩
在佛陀内外诸法无我，但世界是你的

6

我和你的落差在百丈之外
你从我仰视的位置，像一道闪电
以雷霆之势，俯冲下来
回归到水，向着低处
成潭成雾，成阳春的德泽

生万物的光辉，百丈漈瀑布
我没有看到你的真容
但我一定向你再三祖露过
最初的仰望
和最低处的爱一样

7

诗人们边喝茶边走进茶园
清香在唇齿间流转
春风在岭南的舌尖上翻起
清和明的气味，在这里
女诗人都成了仙女
男诗人都成了圣贤
当我和一个面容黝黑手指粗糙的
茶农相遇时，我突然满心羞愧
我的茶篓空空，我的指尖挂着虚无的露水
而满目绿色的珠矶
在群岭之上涌动着细碎的光芒

8

在这里，用诗找光的人
围炉品茶，说到活在死中
亲爱的生活，常置人于死地
但因为太爱了
我们从不敢轻言
活在死中
像芦苇，但不会拒绝水
说到流水之上的欢颜
自带风声
替万物言说的人
每一条路总有一个出口

不要在死亡到来之前去死
深渊里的每一次眺望，都能看到星星

9

转过让川
转过千丈红尘和涌动的人群
把能让的都让下了

我有微雨，薄雾
在这里滴答着迷人的清寂
只愿守着青山，把爱留在胸中

夜宿悦慢客栈
仿佛是落地生根
重返梦中，随刘伯温朝入青山暮泛湖
一切沉重的正变得轻盈

铜铃山，石铸的铜铃 (组诗)

◎洪哲燮

小瑶池

这儿的水有多清冽？
这样说吧：
此水谢绝风尘
它能穿透你的皮肤
看清你的骨头
辨认是硬骨还是软骨
背心处有无脊柱？
碧波粼粼，它是面动感镜子
照你前世也照你来生
你的光辉、你的宏业
你的瘢痕、你的瑕疵
统统照个纤毫毕露……

传说此地是王母娘娘的浴池
怪不得呢
她遗天下神镜毁损殆尽，所剩无几
都来照照这面镜子吧
将山崖照成一枚石铸铜铃呀
日日夜夜在侨乡文成，在中国
在你我耳畔，当当响着！

壶穴奇观

铜铃山有许多栈道、石级
有一条你肯定没攀登过
那就是悬壶飞瀑
每个悬壶都有大大落差
从山巅伸出直下山峡
一级级垂下
其实，源头之水
全涌自地下熔岩般的狂怒

假如，你是位巨人
又有轻盈的武功
跨山履水如涉平阳
你可以来试上一试
一脚溅飞一片珠玉
一蹬一个深深脚印壶窝
汗与泉，还有血
全在壶中蓄下又溅出

都传刘基是预言大师
殊不知，登此绝壁
绝非轻轻挥动他手中的尘拂
需要超人的意志
长壮的腿，宽实的肩，韧牢的臂
肌肉如同紫色岩石般鼓凸

有山有泉有飞瀑才是险峻之途
有霞有虹有日出方有登山之乐
战神粟裕
料他当年带红军来攀过！

走进大会岭

◎余燕双

1

历经过风雨，这些枫叶一下子成熟了许多
有一些大清早红起来
又担心红得发紫
有一些来不及发红
在枝头保持纯真
有一些被晨风吹下山谷

2

脚下的山谷像一口大铁锅
归鸟沉寂，秋虫声起
比虫声更响的是诗人阿民的鼾声
类似于母亲煮饭的风箱
在锅底有节奏地拉着
一会儿长一会儿短
足以把大会岭的夜色烧旺，把整个古道烧红

3

爬上斗米线山路，重心前移
屁股微微翘起
最后几步比较陡峭

叩响大山的声音比较陡峭
像爬树的蚂蚁把头颅埋在体内
屁股大幅度翘起，与天空保持一粒米的距离

4

大会岭古道，像一条拧紧的琴弦
和蓝天保持平行关系
那么多纷飞的音符需要心灵去融化
那么多卷曲的时间挂下来
对面山头山歌嘹亮
唱出我们的快乐和忧伤
几人合抱的树干，到处可见，大会岭的长亭短亭

5

一路走来，诗人小青不停地叮嘱我脚步要轻一些
不要踩到满地的离愁
让归于尘土的枫叶得到安宁
临别时对小青说：
想把鳌江工业区5号的家搬过来
像筑巢而居的古人
月光居中，左边流米岩，右边拥有无边的寂静

文成笔记（组诗）

◎吴慧敏

安福寺笔记

你就不必去唐朝了，弄了个年号叫元和
那个去了就回不来的人
把自己拜成一座寺院

你来得早了，就叫它东方山
你来得晚了，就叫它天圣山
世间可以代替的名字有多种

你的东面是百丈漈，你的南面是飞云湖
你的西面是铜铃峡谷，你的北面是刘基故里
你在文成的山水间，同时也在佛的世界里

如你所说，此山是药师道场
心怀慈悲的佛保佑众生
消灾免难，延长寿命
以致信男善女蜂拥而上

我来不是求神拜佛
解除疾苦，成就事业
我来是为了看见，安福寺的红叶，丹枫的红
黄栌的黄
我来也是为了看见
佛教信徒朝拜药师佛盛大的场景

我来是为了记下，千山拱翠，万壑堆云
一寺镇群峰的魄力
天阔山远的宁静
一尊消灾延寿药师佛同样拥有
千百年不断的香火
我来也是为了记下，历史上曾有37位高僧住持的道场
安福寺，正好适宜养心
我来是为了带走，"禅"的境界
那岁月印下的，水也在临摹
殿楼高远，斋轩亭近
红枫古道藏有多少黑暗中的过往
我来也是为了带走
经卷五千，但不带半厅四方殿、残缺石碑
"法音广布，随喜善护"
我是募捐者，你为进山香客

龙麒源

这个古老的民族
始终以手形、日向、鸡鸣、晴雨
来形容天地人和
以竹竿舞和畲族歌，视为自然之乐土

一个遗忘的人间，总有一些原始的东西
峡谷般迷人
一件流水的彩衣，总有一些学问
裹不住，哪怕石破，天惊
一个可爱的人间，一个人在世界之外行走

这个古老的民族
以畲族的传说为景区命名——龙麒源
铜铃山脚下
两座大山左右排开：一座叫凤山，一座叫凰山
山峰比竹笋还尖，层叠的山峰如旌旗猎猎

清早，大自然"天开画屏"
在它前方有一条铁索桥，叫它"好运桥"，连接明天

走过好运桥，你的好日子就在前头
那些平躺的长短句林立起来，就在背后
悠扬的流水曲
伴着淡淡的檀香和草腥味
充盈整个空间，这里应该就叫——桃源洞

还有，来这里的人多记住了"金壁滩"三字
都说金黄色岩壁河床上，绿潭、壶穴在相机里
金碧辉煌
轮到我们，漫步在曲折的山道上
金光，似乎近得可以伸手捉到
潭水声仿佛满天星星叮当作响

龙麒源在尘世中，是现实的一部分
龙麒源在桃源外，是诗词的一部分
它的气象，峡谷画廊，它的桃源
它的
畲风，永远是美丽与忧伤

刘基来信

这片青山绿水之地，最刘基。
从青田县到文成县，从诚意伯到谥号"文成"
从大明阁词到晚年桑梓
绕了一大圈，一个叫南田的老家收留了你
就像一片漂泊的树叶
有回到自己的树下

于南田住下。
一个祖父的版本，温暖
严谨，满含着隐忍的句子

不谈政治
也不给昔日的同僚写一封信

在这里，你放下的心
暂时得到时间的和解
然而之后你又向每一位卖柑橘的人打听，和他讨论
天气、外皮和内瓤
"文成的柑橘是喝月光长大的"

隔着厚厚的时光
有一天，我突然收到一封六百年前的来信！
署名：诚意伯
书面的美，正应和着当今世界的美
我赶忙翻越《百战奇略》，只是已不见汉家战火
再翻一遍《郁离子》，是寂静在消化"死"这个词

你是"帝师"，你是"王佐"
你寄来枫树叶子写来的信
你寄来铜铃山上白云写来的信
你寄来飞云江水写来的信
尽管它不着一字，却使我一夜无眠……

铜铃山走笔（组诗）

◎龙红年

铜铃山的鸟

铜铃山的鸟都操着童音
一百个屠夫听了一次
心都软了下来

她们读的书
名叫绿叶
课本上还停着摇晃的露珠

杉木　松树　香樟
仿佛都活在尘世以外
风吹过来
便给嗓音做了彻底的
大扫除

铜铃山的每一只鸟都是幸福的
她们被浩瀚的绿色
养在心窝窝

观百丈漈瀑布

一失足成千古恨

三只黑鸟

在林子里扑腾　焦躁不安

这一回真的不管不顾了
这一回真的不留后路了
这一回碎了的命运
叫瀑布

向着虚空纵身一跃
从躺着到站着
那么多人仰望

百丈　是忧伤的高度吗
——那句话
我却一直没有说出口

铜铃山，每一次日出是一次拯救

和铜铃山的这块青石并无二样
坚硬而冷峻
我在此已冷却多时

黑暗和沁凉　潮水般逐渐退向生活的一隅
那里不是核心
是废弃的农贸市场

从花朵上落下来的露珠　她的晶莹
是小恩惠　清风吹
她滑向了我足下的青草

我的寨门已经关闭　马放南山
风叩响门环　风
知道密码

托举红日　铜铃山

一根导火索点燃大地辉煌
我终于醒来
每一次日出　都是一次拯救

在铜铃山中

在铜铃山中　发呆也是有诗意的
抬头看天
天空仿佛突然释怀

天上什么也没有哦　只有白云
那是铜铃山放养的
有羊群　大象　也有白鹤的
孤独

他们行走得多么缓慢　一步
走了一万年

此刻　如果能仰坐在竹椅上
思念远方　寂寞
也一定会变得柔软

转山转水转文成（组诗）

◎陈于晓

山中湖水，寒尽不知年

云脚低下一些。雨来，飞云湖
展开黑白一卷：一些叫水
另一些叫墨

而此时，已风和日丽。湖光山色相融
山是水的凝固，水是山的流淌

山中无历日，水上也无历日
他年，寒尽不知年。春湖水暖舟先知
云知不知，渔人知不知

渔歌唱不唱？一羽白鹭，犁开烟波
被浩渺淹没

春天的龙麒源，忙着怀孕

山峦起伏，峡谷清幽。水声隐隐约约
有声，是一种心境
无声，也是一种心境

人来鸟不惊，蝶也不惊
该鸣的鸣，该舞的舞。身在谷中
不识山，不说层峦叠嶂

只看山花开，草木长。泥土的呼吸
时急时缓，光影温柔
有轻轻的胎动

那些叫作翡翠或者碧玉的水
产下了一窝又一窝卵石
大的长成石龙石龟，小的变成游鱼

春天的龙麒源，还在尽情怀孕
一声啼哭，仿佛我仍未出生

在刘基故居，想到了采菊人

风吹，草动
风不吹，草被脚步声晃动

"渡江策师无双，开国文臣第一"
运筹帷幄也好，神机妙算也罢
很多很多年以前，刘伯温
就在刘基庙中生活了

我说不出，眼前的刘基庙
有多少，还与大明相关
又剩下多少，已与大明无关

突然想起东篱下采菊的人了
他似乎从来没有来过，又似乎来过
我悠然中所见的，也可以叫南山么

翻动"文成"两个字，读"风云变幻"
读"人世沧桑"，我想到的却是
"山气日夕佳，飞鸟相与还"

到文成（组诗）

◎冷眉语

铜铃山

来到现实主义的铜铃山
浪漫主义盘山围过来
我要不要站得再高一点
放大你的辽阔
我的无所适从，正被你
温柔与暴力的美学
毁灭

至今活在峭壁间
因此我充满陡峭与奇幻
天像哈达飘过来
仿佛昨夜的梦
我打个趔趄，有什么秘密的东西
从身上撕裂开来——
一种力
断在半空

如果此时的丛林布满乌云
那是我的漆黑
形式各异的栈道神奇且寂寞
山峡窑池连着寨
藏着大生死

刘伯温墓

我相信前世一定来过
与征战南北的你失之交臂
现在，我们带着酒，带着诗
近在咫尺。只是望了一眼
隔着一品字山丘，隔着九支
小山脉，隔着石圃山
并高于山

作为一个外乡人
见到你的一刹那，有些悸动
乱世的开国元勋
元明鼎革之际的新文风
直到今日，还归隐在石圃山
无论我如何靠近，我们之间
隔着一壶酒和几个朝代

你有红色的正气
我们也有
刘英日夜与你
遥遥相望
那模糊的刀痕，弹痕
时间的旧伤，在你的墓碑上
被秋风吹得
哗哗作响

飞云湖

一片云以动词的方式命名
江湖断开
活着。从字里行间

穿行而过
山峰。小岛。丛林。溪流
云虹飘渺
若去描述，未免会
落了俗套

沿着"十里画廊"
一些静谧的词语
微微起伏，但不喧哗
它们挤在一起
并排着，像小学课本
蹲在插图里
稍作休息的白鹭

"落日下坠
世界高不可问"
湖水染成红色时
山会更青
也感觉更凉
暮色慢慢压下来
天空用浮云
托起活在深处的
山城子民

文成书

◎骆艳英

1

现在，每一座山都有了火焰的肤色
每一只铜铃都被山鸟的鸣声摇醒
壶穴众多，隐匿在树木深处
不知何来，不知何归

然而，壶穴自有它的形状
在山谷与山谷，星光与明月之间

它们迁徙，走失，相聚
一次次抱头辨认，以泪珠

倾尽全力的碧绿，一颗一颗
挂在昏暗的悬崖

一壶提着一壶，一潭连着一潭
不同的情节却在相似的梦境呈现

由此，我确信自己闭上了双眼
听见泉水将一壶山煮沸

2

"一路狂奔而去"

其实不用这么拼命
像英雄无处还乡

水与水连在一起
必须是白的颜色
必须是整块丝绸折叠九次

"一瀑秀，二瀑奇，三瀑诡"
三潭三瀑，百潭千瀑
仿若帝师的布兵之道

素练挂空，变幻无穷
只是早已预见了自己的粉身碎骨

3

到了这里，
一切只接受自然的安排：
夜晚只为火焰存在
秋天也只为保管这些树叶
而古道，依旧错落在低矮的草丛

十一月，逶迤，辽阔
采集凛冽的气候与无边的斑斓
词语复述着羽毛与青砖
旧日子从脚底浮上来
露出炭火与嘴唇

需要一担盐挑在肩上
需要一双脚遇到岭脚的哑巴
需要盐粒飘忽不定的闪烁
拨亮古道一身的黑

一路红枫，甚好

4

留一块青砖给村庄
再留一块桃花石给算命的手掌

"来来来，递一杯酒给月老"
这座山，除了月老
还有一万朵妹妹

5

去文成老车站，有一趟车
可以到达帝师故里
车费计40元

掐指算来，40元足够消耗
一对鸡翅，两块牛排
外加几只甜甜圈

谋臣，名士，神
我要去见一见机关术的主人公
如何在奔命的狼烟里
获得一个王朝的梦境

只是他来不及修建地铁
（傻瓜，没地铁照样玩穿越）
来不及举办奥运会，甚至
来不及替天上的星宿买下一块地
然后坐等发财

铜铃山：我们都有一颗归隐的心 （组诗）

◎王龙文

孝竹滩

那些厌倦的人，为何不到孝竹滩？
为何不在月下的竹林
有问天的勇气？我愿意成为众多
交头接耳的竹子的一株

三千隐士在此归隐。鸟鸣、春光
都被一一收藏。提着篮子的
老妪，垂柳下蠢蠢欲动的顽童
炊烟里抽身而去的母亲
他们都在铜铃山，都在竹根的清泉边
清洗遮蔽的脸

似有故人，从苍翠欲滴中破土而出
暴雨后，远处的荷花
荷花上端坐的观音，其实都是另一个我

每一滴雨水都是尘世的归隐之心
每一张荷叶，都是裹紧自己的
蓑衣。我知道，滩边一日当比
世间一年，当比崭新洁净的我破壁而出

铜铃山

我早就想靠在傍晚的电线杆边
有铜铃山静静的陪伴
我早就想在人间找到一棵红枫的庇护
它用一次一次的叶落
代替我的忏悔。它用落日
安慰我的虚无，我的百无一用

暮色四合，我才能在怀旧的流水里
听逝去的壶口，它弹奏的忧伤
或者弥漫着草原上才有的花香
是呀，我看到荷花上突兀而来的陶渊明
我看到水波里泛起的屈原

用红枫叶子，吹奏的少年
仍然安好。星星落在峡谷
他骑着骏马，骑着我们中文的翅膀
他要找到一剂归隐的药方
只有喝完这些陈年的药酒
我们才能在铜铃山的夜色里慢慢静寂

龙潭听水

流水易逝，流水击打的歌
一直余音绕梁
从龙潭归来，我还能看到
我身上流过的青龙川流不息

六月的鸟鸣跌落泉水
七月的桑葚染红了泉水
八月呢，那些善良的浆果

那些蝴蝶和蜻蜓
振翅远走的山岚，都掉进泉水

落叶兀自在孤峰旋转
落日和古塔
相互纠缠，它们俯视过的泉水
寄情过的山水
都是我们身体里，刚裁剪的画布

只有雾霭从流水边升腾
只有这最后的江山——铜铃山
只有母亲在故去的黄土里
种下晚年的枫树，种下风铃和小橘灯

观音崖

其实所有的故土都是一处
崭新的伤疤。故人
是守土相望的山冈。从高处
渗出的光
俯视我。从此，我矮过观音崖

瘦弱时，我抵不过一株暮年的
枫树，抵不过铜铃山
突然涌起的悲伤，如何让一个
溃败的人安度这古朴的落日

我年少时的奔跑，日夜练习的
飞翔术，是为了更快老去
流水处得到的琴谱，落叶飘过的
刀子。我都将一一归还

只有落日下的无尽。落日下
我们久经掩饰的厌倦
我们点过的灯盏，耗尽的原野

凿一把石破天惊的壶（组诗）

◎毕子祥

我把脏衣服似的灵魂认真搓洗

一滴净水足以淹死一个不洁的念头
一池净水羞煞一段混浊的人生

岸石怀抱美玉，与之共生死
涟漪推送翡翠，推送内心的绿意与纯粹

千米之上的露天浴场
羞怯的月光临此沐浴，酥肩隐现

池水里贮满各种植物的清芬
虫鸟欢鸣的花瓣

打一盆小瑶池的水
我把脏衣服似的灵魂认真搓洗

鳄鱼潭

一块石头被命名为鳄鱼
潭水和游人的眼波
便漾起了紧张而兴奋的涟漪

鳞甲上奔跑着欢谑的光影
圆润的石头模拟鳄鱼的卵

一只蜥蜴伏在石背上，装扮幼鳄

想象让世界变得生动，潭水中
警觉而好奇的蓝天白云、绿树青山
更加清晰、灵秀

行者的热血呼应枫叶之火

枫树高举红叶的火把
照亮山间时光隧道

时空交织，错乱
赏景的人模糊了自己所处的时代

青石板起落古老的琴键
负者歌于途的情形历历在目

古庙的香火驱走冷血的魔兽
古亭的茶香萦润旅人孤寂的情怀

芒鞋与耐克参差起落
麻衣和牛仔交互迭现

岑寂古道被铺上热烈的地毯
行者的热血呼应枫叶之火

凿一把石破天惊的壶

飞瀑，极具耐心与激情的石匠
千万年，只做一件事
用纤细、晶莹的錾子
凿一把石破天惊的壶

又如同一位追求完美的诗人
一生致力于打造一部诗集

这錾子是合金的
内含铜铁锌硒等微量元素
长年累月
砥砺于清风明月、鸟语花香
透明美好，柔中带刚

磐石一点点溃败
由意识膨胀趋于虚怀若谷
——石壶里贮满山色
翡翠琼浆，醉人诗意

撩开激荡的飞瀑白发
潮润晦暗的岩壁上
我看到一张诗人般熏醉、淋漓的脸

月老山（组诗）

◎布非步

蔷薇色的爱情湖

迷失在纯粹的月光里
那么多星星般的眼睛像情人
俯视整座山，与俯视浩瀚大海一样
我们经历过的尘世在此岸荡漾
而彼岸，不需要拥抱
两颗漂泊的心习惯被古典主义的风
吹送，从来不存在孤单
上弦月被不系之舟高高悬挂
月老庙前的红线在黑暗中
缓慢进入云松或者红豆杉的睡眠
湖边的女人：沿着一个花瓶生长
所有的花朵隐身于平行空间
她的心是空的

安福寺

禅意落在带有啮痕的脉络
落在跪伏的掌心
第几次落在我人生的河流里？

十一月的红枫古道，拾阶而上
和仰望，都属于同一种方式
所有的山门也是一样的，

收留虔诚的心，收留
不断被涂改的生活
苔痕藏身在万丈红尘深处
一群人的抵达与离开
带不走那枚衔在檐角
古意的白云。讲经堂旁
满脸稚气的小沙弥
知道如何把寺里的鸟鸣

与寺外的鸟鸣区别出来
而秋风寂荡，暮鼓袅袅
"我听他以宗教的名义解释大自然。"①

---

① 阿多尼斯的诗句。

文成，时光的雕刻与倾泻的诗意 (组诗)

◎程东斌

壶穴，天地抟造出的晶莹剔透的美玉

一道森森的闪电，切出一道峡谷。雷声空灵
裹挟着源源不绝的琼浆玉液，倾泻而下
幽深的铜铃山，获取上天的神谕，筑起一道
直立的渡槽，放逐旷世的清泉，护佑一座山的清灵
救赎人间的干枯和佛烟的瘦瘠

一滴滴水，点石成玉，在飞奔的旅程中，布施
洁净和悲悯；从一卷不会陈旧的经卷中获得佛旨
用自身的坚韧和棱角，磨砺铜铃山或凸起或凹陷的文字
撞身取暖，取出一部集聚山水高蹈禅意的诗篇

俯冲的白练，顺从了天地共铸的一架纺车旋转的引领
倾泻出一方山水叠摞的词语以及放置尘世的一条银河
在高歌的道路上，歇脚，盘坐，旋转，挽起一枚枚
看似没有却永远也打不开的结
琼浆玉液的结，清澈如玉的结。一潭，一穴
一只只通灵的眼睛，在顾盼流波间互传天地的讯息

飞瀑串联的碧潭，一颗颗晶莹剔透的美玉，镶嵌在
铜铃山。似井，装不满也流不尽的一汪碧水，豢养着
山巅上的一轮明月，一片不会生锈的犁铧，翻垦着
层叠的诗情画意；似酒坛，打不碎的器具，装盛甘洌的琼浆
敬天，敬地，敬万物碰撞后的握手言和
敬一方水土葱郁的呼吸以及无法尽述的造化

红枫古道，铺满时光的古钱币

深秋的文成，枫叶上的薄霜像固体的酒精，助燃了
一场场火势。一道道、一岭岭的火焰，或簇拥，或蜿蜒
用跳跃的锋芒，戳破万物萧瑟、清冷的谎言
文成的版图，一只巨大的火盆，氤氲着火焰的红霞
成熟的、谷粒归藏的文成，紧握秋风的神笔
饱蘸丹枫的古意以及涌出的金墨，为一幅幅厚重的画卷
添加流光溢彩的笔迹，勾勒出高于大地的一截葳蕤和嫣红

大会岭，一条青石的道路用沧桑引领登高的步履
悬起了蝉鸣和草木的香气。一级依偎一级，一级托起一级
犹如翅膀中排列的羽毛，蓄满宁静的光泽和飞翔的禅意
不光飞翔，还有蔓延，护路的红枫，擎起漫天的红叶
一枚枚灿烂的金箔，救赎季节枯槁的寒意，金属的轻碰声
泄露了秋风的隐逸；一片片枫叶，文成雕刻于枝头的真言
施以辽阔的锦缎，缝补攀援道路上的陡峭和沟壑

红枫古道上行走的人，拾级而上，踩响岁月的琴键
飘飞的音符，契合了枫叶曼妙的舞姿
散落一地的枫叶，铮铮作响的古钱币，上面深烙着
不同的年号和乡愁。捡拾，端详，一枚枚流通的硬物
蛊惑纷至沓来的人群，奔赴远古的时光，去购买
一壶米酒、一樽月光、一场互市的光影；来换取
恪守文成土地的一棵棵枫树一季又一季的丰盈时光

飞云湖，无法尽述的诗情画意

一条江与一条溪的碰撞，荡开一面森森的湖泊
碧水汇聚，清澈叠加，深邃了一面明镜的澄澈和慈悲
飞云湖的瓦蓝与天空的颜色，已无区别。镜子与水面
有着打不破的姻缘，泛起的波纹只是用来提醒一方人

风的走向，蓝天落在湖水里，才濯洗得如此蔚蓝和清澈
天空和湖面犹如两块巨大的琥珀，相互照影中
被白云、飞鸟以及游动的鱼儿，悬起，晃动出湖天一色的
　　旖旎

纵横交错的湖湾，极具缠绕之力，蓝色丝绒包裹着一颗颗
晶莹的岛屿。大小不一的绿色宝石，散落尘世的玉盘中
在湖水千年的濯洗和喂养中，升起草木葱茏的薄烟，分拣了
鸟兽的足印以及它们呼喊乡愁的低吼和鸣叫

岛是湖的词语，湖是岛的帛卷。生态而青翠的墨滴
摊开一部旷世的诗篇，纷繁的意象、绵延叠沓的隐忍和张力
引人入胜，却又无法让人轻易地走出迷幻的意境
以及诗意的围堵。在飞云湖做一滴墨是幸运的
不管游弋到哪里，都会助长诗意的波澜
一滴飞云湖的墨，一片天上的云，微漾和飞翔中
弥补一幅画卷短暂的留白，放飞了飞云湖魂魄的波光

荡舟湖面。离开岸才能看清岸上的树木、古村和炊烟
站立碧波上，才能更好地翻阅飞云湖一册山水典籍
在一滴湖水上旋转，才能体悟到一滴水的辽阔和清透
夕阳西下，不知是上天布施的碎金，还是湖水涌出的彩霞
熔金的湖水与绚丽的天空已成一色
纷飞的鹭鸟，俨然成为缝合天地的针脚

文成（组诗）

◎ 邓朝晖

文成

一座城可以这么幸福
四面环山
山腰飘着白云和清雾

这是我刚到文成的感受
文成，浙江南部县城
曾经属瓯越地、闽中郡、东瓯国
属会稽，属永嘉，属括州
属瑞安、温州府
民国三十五年始称文成
当我在昏睡中睁开眼
它已行至今朝
山触手可及，白云也是
不羞涩也不温婉

这不是南方的性格
不是你侬我侬的他乡
没有官帽般的飞檐
折扇样的墙壁
水为泗溪水
泗溪在飞云湖之下
飞云在东海之下
越深蓝越谦虚
可我们还得往上

盘旋于南田山脉
做一朵蛇行的白云

我不敢说话
怕一开口就有云朵呕出
有毛竹呕出
红枫、香樟、杨梅、红薯的兄弟……
它们接踵而至
从山道两旁扑入我的胸口

一座城不能太远了吧
从西坑到东坑
是杭州到苏州的距离
从上垟到下垟
足可以看尽断桥杨柳
填词的官人送别了一个又一个长亭
这个江南小城怎么可以不多愁呢？
没有小雨和杏花
只有飞瀑和悬崖
流水至此已打算纵身
我们在山上回旋
已找不到一处余地

安福寺的玉兰

那一日
凤溪的水正好齐腰
那一日楼阁宽大
如唐朝女子的长袖
我们于开阔处遇见法师
正如这个世界的开阔
我没有细听山寺的缘起与构成
无意瞥见一株玉兰
一株孔雀开屏般的玉兰

它没有挡住庙宇
宝殿庄严，琉璃净土
钟声响起来
僧人居士开始了晚课
我们赤脚进殿，登高
看到更加庄严的屋脊
屋脊间又有一株玉兰
用紫色之美打扰回廊的幽静
它是一个女人吗
我摁住自己的罪过

夜色轻笼
法师在寺前送我们离开
我又看见那株玉兰
那株偏居一隅的玉兰
如一段孤独的人世
如车上每一个人
摇曳而孤独的一生

在慕白茶园

一路上
我们念叨得最多的就是慕白慕白
在这里
慕白是一个形容词
慕白的饭慕白的酒
慕白的文成
当车子从县城向茶山驶去时
有人忍不住说
这条路是慕白路吧

岭南茶园
念起来很陌生
不如叫慕白的茶园

我们背着小背篓在茶园里照相
顺手还掐去树尖上的嫩芽
我在想
这个上午茶园被我们糟蹋了
不知道有多少好茶叶毁在一群诗人手中
而那个作为名词的慕白
跑前跑后
倒茶，带路，扶女生一把

我从来没见过一个人
把他的名字
当形容词去爱自己的家乡
他不嫌它的小和遥远
也因为他的爱
我们才知道文成是一个憨厚的故国
而不是远嫁的公主

文成·一道驿动在古典里的风景（组诗）

◎丁济民

古典的文成

美丽的文成，独坐于古典
穿行在华夏葳蕤的春天

时光渐进，金戈铁马已然删改凌乱
明朝的故事在岁月里剥落成尘，转身已成风烟

岁月波光一样远逝，一次次泛起涟漪波澜
明朝的月亮，浮在水波之上，拷贝过刀光剑影

古典的文成，是嵌在华夏大地上的一颗珍珠
一行行用汉字垒起的典籍，鲜活着多少载的兴亡

中华世世代代的河流，世世代代浩浩汤汤
有无数的支流在穿梭，阡陌纵横，有漂泊的月亮

被激情点燃的岁月，堆积着季节的丰硕
在大地的掌纹里，有太多细微的情节，填满岁月时空

烧饼歌

时光闪过。明朝的江山越来越瘦
瘦成一声叹息越过脸颊
而所向披靡的王朝飙风扫过

沙石惊悚，往事嶙峋
一个运筹帷幄、横扫六合的谋士
曾经支撑起朱洪武的江山大厦……

岁月深处，走来一个羽扇纶巾的江南儒生
为日后的《烧饼歌》邀约来世间神秘的勃动
在战争与朝代更替的硝烟中，舟楫一样漂泊
也像一枚水中逍遥飘逸的月牙

岁月挂不住的泪痕，涌出了史书的栅栏
而刘基，最终连同大明的江山
臣子的谋略，以及君臣对话的残章断句
血花般拓印与散落在风中

刘基庙怀古

傍晚，暖风，夕阳映水熔金
时光，仿佛停留在一个节点上
水中菖蒲，这条条绿剑，划伤了庙宇的远眺

在时光以远，在岁月匆匆的另一边
运筹帷幄之中决胜千里的谋士，一盏灯下无眠
洒脱的影子，推演着明朝摧枯拉朽的烈焰

那时，群雄逐鹿像花儿一样绽放，香韵奔涌
红巾浩歌、元蒙北遁、陈友谅、张士诚消殒
而后，在藏下无限玄机的葳蕤春风里
只你，深谙鸟尽弓藏的君王之心

而庙宇是唯一的风景，供奉着你大度释怀的身影
功成身退，多像当年的范蠡，一袭长衫扬长而去
利禄的藩篱，宦场名缰利锁，终不成名士脚下的羁绊

像一阵清风一样挥袖而去，带走了你的风流倜傥

像一芽明月般躲到乌云后边。你义无反顾
宫阙的辉煌被抛到脑后，留予后人一枚闪光的镜鉴

谒刘基墓

光阴闪逝，遗愿与心事搁浅在这里
文成很安逸。忘记了你曾辉煌的往事

一抹如血的夕阳，那年那月那日就衔在大山之阙
蓝天辽远；飞云江水，道不尽零落的离殇愁绪

《烧饼歌》还安放在史籍之间，落满沧桑
经天纬地、立政安民的人已去，还弥散着岁月的叹息

其实墓很单薄，守望着一生的简约。几只黄鹂
从墓上叫了几声，二十一世纪的天地便绿了，花也开了

驱车至文成

撷一缕靓丽的初夏的阳光
作一次深深的微凉的呼吸
听一只鸟儿亮泽的歌唱
驱车—— 到文成去

长天的睫毛，把绿意渐撩渐远
花朵上的蝴蝶，勾画了一片辽远的春天
季节之上的鸟鸣，涂抹了漫野的绿意

夏热开始北移，山河祭起立夏的旗幡
沐浴着蓝蓝的天穹
几朵缥缈的白云
眨巴着眼皮看我们很响亮的远足

登高 （组诗）

◎丁　立

登高

到处都是急脾气的、充满矛盾和冲突的人
登上山顶，原不为把风景尽收眼底，只是为了
看清文成，看清那些不慌不忙的、愿意彼此配合的
事物、和谐的山水

登顶，世界和复杂的社会关系
隐去，只剩下、一片片次生林
长出的鸟鸣和清幽，一座座小树屋
撑起的、木结构，一个个采茶女
背着竹篓在哼歌，一棵棵茶树
加重了，它们的嫩绿

万丈漈瀑布

不可以在这里久留，留久了
夏天就会不燥，瀑布就会垂挂神祇，溪流就会闪耀
诗句和闲心，半山处的陶然亭，就会为你、四面来风
你就会忍不住地飘舞，感动，终年潮湿
一不留神就变作
林木或巨石的
一部分

减速

然后，在木栈道上
你一定要学会，慢慢地走
没有人会表演飙车，也没有一处风景
会为你特别加速，在这个地方
所有的事物，都只愿意
成为它们自己

别着急，这是你
一辈子也用不旧的绿，一辈子也用不坏的
大石头，从不知焦虑为何物的闲云
喊一声，能溅起无数回音的
壶穴、流水，答案
已在其中

现在，在树屋里
说出你最简单的愿望吧，然后
还要允许你，揉乱满天星斗的排序、睡去
就像允许一只折翅的鸟儿，重新虚构着
有枝可栖的
好日子

文成·在一幅风景画里徜徉（组诗）

◎丁 莹

月老山眺望

月老山，是日子里的风景
是民谣里的故乡。矗立在时空的高处
随意翻阅一城的山水和日月辰星

一个传说，一个人的故事
亮泽了岁月的河流与日子
闪去的往事很稠密，会将时光高高擎起
诗韵的墨香力透纸背，喂养乡愁里的相思

在月老山下，仰望稠稠密密闪烁的星座
所有的故事都解开了捆绑的绳索
带着一粒粒诗意的韵脚响亮地飞进飞出

岁月有时候会枕着山韵入眠
陡峭的崖壁，清丽的鸟鸣
寂静的苔藓，还有深邃的穹隆
会在梦中发酵，长满绿荫和勃动的梦呓

白云在青瓷般的天空散步
浓雾溜进林间时碰落了几只松针
月老山在续写一部山海经卷——
用她的娟秀，水滴的坚韧，岁月的不羁
……

秋风里的飞云湖

刚出栅栏的秋天还在北部穿越徜徉
何时打马飞奔到东南方的文成
飞云湖水在风中隐忍，荡漾
铭记着 2017 年闪逝而去的大半时光

湖水凝视着湛蓝的天色
用她的余光扫视渐进季节的裁定
秋风认领了一切
认领了山水的轻盈与凝重

八月的秋风贴紧了湖水贴紧了大地
将往事的喧嚣抛开遗忘
湖水沉稳内敛，足以
装下所有色彩的张扬、浩荡

幽深的红枫古道

丹青，开始于秋天着笔
耀亮了一部秋天执意的选址
峭石嶙峋的石壁，无数声鸟鸣
以及灵性的乔木与小花小草
仍像历史悠扬不衰的钟声

惶惶然灼亮了山体的一角
至今，石垭前远征的河流
还流淌着古典的禅意、安详
山道中的岩石始终清醒

岁月，坐落在浩渺烟波之上
一个个流年轻轻翻过

醒着无语而充满沧桑的古道
仍大睁着警惕的眼睛

时间，像一排磨光了的牙齿
咀嚼过悠悠的时光

铜铃山诗选

◎杜风雷

在文成，对一条古道的怀想

高处是秋天。不远处是山岭。火红，朝天空
又伸展几米
道路一段平行于天空躺着，一段背靠着群山坐着
远方的远方，沿他们的脚背升起

夹道红枫——
我们一踏上这条路，古老就开始挪动
母亲的催促在身后推着他们的背
一年一年又一年啊
一辈一辈又一辈啊
他们的脸向四周生长。照亮风暴，鸟一样
撞进生活的罗网
远走他乡，有的人奔向黑人和白人的世界

困苦又清贫的青春，一支一支
打出去了，身在异地，谁的衣兜里
不装着这么一条红枫古道
生疏的人面前不说原籍，也不说历程，只在夜晚
他们剥去外面的硬壳，
说一些柔软的温州话
内心感动又激动

古城文成紧跟其后——
叫你侨乡。铜铃山举着你

飞云湖泊着你，红枫古道牵着你。
青石板嵌在红泥里。也是红的
我站在秋天的枫树前。

龙麒源

古寨不在了，天堂还在
山石加上泉水加上云松再加上瀑雾
这绝不等于龙麒源的一年四季
龙麒源的景色也不是用乘法运算的
那些石头、植被、禽兽、鱼类
原本生在山中，长在山中
至今没有发疯跑出山外，也就是说
龙麒的小名又回到了从前
天堂，变得人间起来

春风过处，山色皆新
万物像是沐浴，更衣
春天的龙麒源在美轮美奂中升腾
你把阳光调成奶茶
把溪水做成流动的琴弦
让杂花上树，顺风的顾盼生情
山石多崔嵬，气势孵出了文成人的坚强

牛郎常来
天堂里有没有土地已无关紧要
只要山顶的雪融化，他们的手就可以
翻转流水，撒播娃娃鱼的种子
城市的织女常来
她放牧着那些云彩，一到春天
就沉落成漫山遍野的红杜鹃
云雾濡湿着发丝，在家乡的镜框里
应是万分旖旎

趟过圣水的山中人，在翠眉的叶碗中
迎候　十万大山
谁也不能把她贩走，收编所有的玉树琼花
昨天山上的金钱豹又产下幼崽，万兽欢呼
香獐、小灵猫登上兰果树和鹅掌楸
看头顶的月亮，依然无恙
水中的月亮又大又圆，人子的妻子送去红糖

现在，我们已不用枪声去制造麻烦
每个人的热血都是家园
在龙麒源，这么多生命紧拥在一起
这么多非生命安排在一起
我们看着它，翕动嘴唇，却又说不出话来
也许这就是爱情，热烈而无声

龙麒不在了——
天堂还在！
畲家妹妹的歌舞还在！
这就是我认识并爱上的龙麒源
这就是我离开又奔回的天堂寨
我是娘的地锅坑中的一粒火星
惦记着铁锅里的一粒盐

春到龙麒源！让一匹灯笼花
带领我们占领天堂
春到龙麒湖！让一缕清风
拎着我们的身影，走向天堂之上
灵魂的早起，用彩色佛光的普照
远山近水的感动，一根绳子穿起笑声的念珠

我把自己留在了文成的山水里（组诗）

◎杜文瑜

月老山

这座山上长满了爱情
我采满了浓浓一勺爱情的蜜
月老山，有许多养在深闺的妙龄女子
还有茁壮、有爱、急性的少年

清晨，踩着五线谱的森林
跳起了集体舞
红日高照，云雾散开
红豆杉含着两颗相思擂响欢乐的心跳
水杉吃惊于自己和红豆杉是近亲
始终没敢吐露心声
枫树的赤党成立于秋天
常绿松对莲香树说自己是一口水井
引来了杨树一阵嘲讽
只有翠竹，绿叶婆娑，灵魂一直在爱情的尖叫里穿行

相爱的人向这里移动。月老庙
吞食苦果的两株杏树，叶小，鹅黄
这过早的爱，将自己制服。
山前的碧湖里也有金鱼的眼泪
在这里，已经有人替你喊出中国大喜
山里的爱情海上，也有一艘船
两颗叠在一起的心，相看两不厌

在没有遇到你之前，我本不是我
用蝴蝶来换玫瑰
你本不是你
月老山，一位文成的诗人接见了你
他说你的灵魂十分单薄
如残花败柳
需要一场爱情，在山中颐养天年！

我把自己弄丢了

这是第几次了？
这个来文成的外省人说
我把自己弄丢了

铜铃山前
柚子树下
我遇见了五年前的下午时分

红枫诗情，古道发出的邀请
一群外来的画家、摄影家和诗人
天色向晚，仍向着大山深处蝼蚁般挺进

请允许我，说出那晚的真相
画家们太过写意，摄影家们太过写真
诗人们太过激情
许多人把自己弄丢了。而我是一滴夕阳
遗忘在农家院落中的一株木瓜树下

呵，铜铃山，我的墓穴
呵，飞云湖，我的水棺
像赴一场场单纯的约会
为的是让文成记住我，认领我
及最后一捧灰

刘基故里行

你通天地人，千秋敬仰
刘基庙景区
"帝师""王佐"的牌子，是皇帝巨大的金钉子钉上去的
至于诚意伯的封号，多带有封建的崇义
而文成，你的谥号，是我们从墓碑上捡来的
六百年前，南田已经为你整理好巢穴
今天的人，还在美化你的心跳
压迫着城镇，但从不伤神
你的身旁，又哺育一座新县城

多少次，我坐在铜铃摇响的山上
看一位六百岁的老人
率领他的《百战奇略》《郁离子》，从沉重的时光里来
从历史的烟火中来
先生，你带来"千古人豪"的尊称
作为我辈之楷模，更应立德，立功，立言
你看，文成老房子已经删除
工地和办公室灯火通明，修正的眼光
领你去欣赏：文成、天地人和、天下第六福地
一只黄腹角雉，也用羽毛梳理着肥厚的空气

文成词典

◎冯金彦

百丈瀑

太重的东西　我们抱不动
其实　轻的东西我们也抱不起来
比如铜铃山的一声鸟鸣
谁能抱着它走多远
百丈瀑的美丽也是　无论多有力气
抱一会也得放在地上　无论多有力气
也无法把它从文成人的心中抱走

栈道

在栈道　只有风无人认领
我想带它回家去
它却淘气地从我身边跑过去

这些栈道的风呀　多像我的童年
快乐而且无忧

一只鸟

鸟从文成来的　应该知道文成的事
关键是知道　鸟也不说
关键是　说了我也听不懂

我只是想听听鸟的叫声
把鸟儿的叫声尝尝之后
就不会忘掉文成的味道

刘基故居

叶落归根　是说无论伟大还是平凡的人
生命只有两种结局

被对故乡的思念杀死
或者被岁月杀死在故乡

印象

告别是告诉一声　才离开
可太阳什么也不说　天就黑了

一地喝空的瓶子　是留下的记号
我和一只落在窗台上的鸟儿商议
谁先离开铜铃山

安福寺

有人从廊檐上读历史的沧桑
有人在烟雾中读自己的命运
在安福寺　一个人如果
被文化击中和被欲望击中
倒在地上时
绝对不是一个姿势

山路

半山腰　一条小路
与我打个招呼　就下山了
我独自上山
路边的石头　在想自己的心思
一只蝶飞过了　我走过了
它也不说一句话

潭

潭水尽管没有深千尺
也知道你的相送之情
似乎不小心的一个拐弯　其实是回头看你

岸边的石头是它留给你的标志
告诉你　只要想它了
就沿着这些石头去找它

树林

树的名字　是人给起的
为了记住铜铃山上的这些生命　一次次
我们给它们起了不同的名字
橡树　枫树　桦树

我们给树起的名字　铜铃山从来不用
所有的树　都是它的孩子
它知道该什么时候　把谁喊醒
树也不用　不信你站在百丈瀑下喊
喊橡树　喊白桦　喊枫树

怎么喊　也不会有一棵树答应你

山坑三瀑

一根细细的鞭子
轻轻地举起来之后就放不下

我只好把水声卷成一团带回去
挂在书房的墙上

枫岭晚霞

小时候的一双鞋子

而今　枫树长大了　我也长大了
谁都穿不上　就用阳光细细地刷一刷
晒在枫岭上

不知道　哪一只鸟会把它拿走

文成印象

风吹背后寒　在文成　风吹不吹无所谓
风怎么吹也无所谓
在文成　迎面吹来的不是风
而是风景

风吹铜铃山

◎黑　马

一

我想听一听，铜铃山旧日的老歌
那些旧山水……
我甚至想端起飞云湖的酒杯，一饮而尽
让文成的风，追随我

文成的风，吹我——
也吹铜铃山，仿佛百丈漈流过我的四肢
芭蕉上的雨滴，
有着看破尘世的哀愁

枕着清凉的夏梦，进入蓝色的梦乡
在峡谷树林的某处
有我想要年轻时的青春
月光如梦，我不知身在何方

在清凉的午后，我卸下心灵的重负
整日枯叫的蝉鸣，
如高处的神，考验我
一阵风，也不能把我的灵魂吹皱

荒烟蔓草的古道，寻梦
那里隐藏了一个金秋
我收到红枫的情书
我变成了一棵树，一只鸟，或者一片云霞

二

风吹铜铃山，吹我两手空空
看树，站在万物的彼岸，保持孤独
枯树开花。
夏天疲倦于欢宴……

瀑布如割草机声声
有诱人的青草香
铜铃山是一方乐土，把我们庇佑
美，在山水间自由地呼吸

我们像孩子一样，用网兜捕捉蝴蝶
尽情游戏
直到夜晚有了满天星斗
接受众星的邀请

树木伸向高空，入云端
引向新的高度，神，灵魂的寓所
这白茫茫的尘世
这苦难的尘世，我们学会了大笑相迎

不虚此行啊——
白天，山川指引我，河流给我清凉
夜晚，你的眼睛是璀璨的星辰
你是无数个变化的缤纷宇宙

三

蓝蝴蝶闪烁，珍珠一样的雨水
当雨水来临，听着淅淅沥沥的流泻
万物的苦闷已经化解

扣人心弦的飞云湖，把灵魂震撼

沐浴着九月，神圣而永恒的精神之光
秋天，我从未失去过耐心
夜晚，野性的花朵
向往生育，百合的欢乐与乡愁

仿佛回到了我的家园
闭上眼，这精神复苏的时刻
这花园，这树，这蓝天
追随的呼唤与梦魇
直到瀑布，在我的眼前拉起一道面纱

你的美，是和风细雨的艺术
爱是吻的内涵，是神圣之风
雨中，散发着你的芬芳
想念你，春雨降落在我们的伞上
那些欢乐，如扑棱的翅膀，如鸟的欢唱

爱来到你我身边，
让我们的心平静下来
苦雨缠绵，天空摇曳的澄清与花的金黄
我想用一生为你歌唱——
在暮年握手
美丽乡愁，笼罩着人世的深渊

铜铃山小样 (组诗)

◎胡权权

再写百丈漈

百丈漈,远远望去像一匹巨大的白色的丝绸
从高高的断崖直往下挂,仿佛山脚下有人在不停地
拉,不停地撕扯着这巨大的白

远远地听,轰隆隆似十万匹白马奔突而下
扬起的鬃毛凸显跃动的马头,流线的腹部
飞溅四散的黄沙,铁甲兵戈杀声震天的狂野

在山脚下凝视那些纷纷掉落的,在谷底堆积的
薄薄的死亡。那些残骸带着未死的悲悯
在岩石上流淌,在石缝里挣扎,仿佛在复活

此刻,我惊醒于永不言败的气概和毫不手软的韧劲
以一滴晶莹的泪水感动众生欲穿的眼睛
以空空如也的技法作一次轰轰烈烈的绽放

我更愿意百丈漈,是一道袅袅上升的炊烟
从山林的深渊中升起,从云霞与星辰的边缘升起,如同
一轮明月从空旷的暮色中,横空而出

月亮湾

如果那是真的,月亮从天上掉下来

掉进这葱翠的山谷
大地颤抖了一下，溪水溅起一群飞鸟

银亮的汁液瞬间凝固
没散落下的便是巨岩，散落的就是卵石
扎进坑里的扎出了溪水，溪水
从山谷里淌出潺潺的幽蓝

小草、树木、飞鸟从这里开始
在缝隙里扎根，在断枝上练习振翅
生命的枝叶缓缓展开，经久不息

那么，月亮湾一定是爱的港湾
大面积的星星与篝火在对岸摆开阵势
月亮湾是一截涌动青春的血管
渴望生猛的冲动和旷日持久的拥抱
在深夜静卧月亮湾宽松的沙堤上，倾听
来自内心的波涛，让每一寸皮肤呼吸
灌满天空的清丽月光
让两岸葱郁的青草替我开道，让疲惫的
灵魂轻轻回到大山寂静的子宫
重新发育生长

红枫古道

像一幅巨大的画卷在山梁上铺开
靠近你，我就是一株小小的红枫
我的内心紧随我裸露的身体慢慢变红
这一刻，天蓝得有些耀眼
云白得有些恬淡

我是从小路攀爬上来的，我担心
杂乱的脚步惊扰了历朝历代潜伏下的隐者
我只想在路上找一些可以辨认的汉字

揣摩古老的笔法藏有的玄机
破解秋色的苍茫与神秘

飞云湖里白鹭飞

闪着白光的翅膀，不是孤独与孤独相遇
宽广的湖面，它们缠绵，形影不离

它们旁若无鸟，起伏的山峦作静穆的背景
在微风里打漩，在碧波上画两条交叉的爱情线

飞云湖更像一面镜子，照出他们明亮的羞怯
追波逐浪，成为天空里虚虚实实的倒影

风也在悄悄使劲，让他们的身体在蓝色与蓝色之间
有了忽轻忽重的分量，仿佛他们鸣叫的声音

他们要在这里追逐一辈子，用波浪一样的柔情
舒展胸中如画的江山以及不可复制的亲密

飞云湖涌出的经文（外2首）

◎黄晓平

一页一页的涟漪
是谁翕动的唇，在默诵
飞云湖涌出的经文

伴诵的星星与弦月，光辉闪烁
这隐忍与感动
让涟漪由失声又掩声

这唇语，不是靠近了就能听得真
不是按捺住凡心
就能读得懂的

我在等，看潜随涟漪的风
被湖底飞出的云擒住
是个怎样的做派与表情

手指呼应铜铃山的鸟鸣

鸟鸣压住久远的铜铃声
高过云霄，直达天庭
我用手指呼应鸟鸣，将大地
一寸一寸向天空提升

以冰火相融的指法
按住白纸，点击黑字

引燃烘烤白雪的黑炭
把冷暗的背景，弹拨成亮色黄昏

鸟在蓝天白云间留下的翅痕
嘎嘎有声，我十指合拢
以静制动，倾听天空传来
关于我后半生的预言

夜过古道

星光吐出一波一波气浪
过古道时，我让心门虚掩
引领肢体练习虚静

此际，道路暗示车马静下来
鸟丢开天空静下来
林木掩覆花草静下来
红枫醒着的叶脉，将静气
一一记录封存

一上一下，逆时兴奋的
是静不下来的星星
与隐身不隐声的蟋蟀
它们在谈天说地，或许提及
那些路过古道的神灵

文成九歌

◎贾　丽

一

在红枫古道，有许多枫树和松树，
透过叶缝以观天际，
树叶仿佛附有新的概念，
犹如古老的文字，镌刻在云天之上，
让我一次次地抬头，一次次地诵读。
天地万物妥帖地适应着我的肌肤，
我的心跳，我的喜悦。
仰望树冠，看自然与人类巧妙地润泽
每片树叶都舒展着独特的个性，独有的魅力。
没有两片相同的叶子，没有，
世上也绝对的没有
文成独一无二的美。

二

飞云湖，湖面如镜，仿佛玻璃衬托着一幅画，一颗心，
四周的景致笼罩在一种温和宁静的光芒中。
有白云飞落下来，一片，二片……
诗人李白的白，
诗人慕白的白。
我来自山西，向他们学写诗，学喝酒
学他们诗意的笔法，
我也甘愿做湖心里的一滴水，在这里

"我觉得，有一座房子是我的
我将在它门口坐得很晚。
很晚的时候，风从我的房子吹过，
玫瑰色的黎明……

三

我相信，眼睛从来都不会说谎。
百丈漈的瀑布，飞溅的水花
灿烂耀眼，圣洁无瑕，
它们在我眼睛里盛开，
有着强大的礼仪与引力。
它将我的眼神完完全全地吸引，占有，
一份清澈，一份透明，一份不期的相遇，
岂能用一个缘字明了。
它带着原始的冲动，原始的野性魅力，
从善如流，一往情深……

四

我用半生的时间，第一次从山西走到文成，
走到月老山，
今生，月老赐给我美满的婚姻。
而月老山，你还欠着我一个心愿。
如今我来了，我依偎着你
我知道，
我祈祷什么，你一定答应我，你都会给我。
我坐下来，双手合十，这是我一生中最庄重的事情，
我默念：山西原平的贾丽，祈求，
我的姐姐身体健康。祈求，
让疾病远离人类吧。

五

我爱，我生活，
我对峡谷漂流情有独钟，
看两边的美景在时光中端坐，
流水载着我，小船载着我，
我就是那一朵浪花，欢快地畅游在这里……
我曾在巴厘岛的爱咏河里漂流，
但我知道
那里的水，亦不是我的水，
那里的浪花，亦不是我的浪花。
山西诗人韩玉光写下：一个游子
走远了，才发现故乡的美
最值得倾尽毕生回去。

六

走过月亮湾，总是让我想起
与我同年同月同日生的那一只月亮
那是我的月亮，
唯一的月亮。
我要告诉我的亲人，我所有的朋友，
我已为他准备好了今生，也准备好了来世
我为他准备好了天堂，
也准备好了整个世界。

七

沿溪步道上山，
我想代替那只神秘的凤凰，
一路陪着溪流歌唱，

我想让万物听见，
让风生
让水起
让美像一座山，
值得我仰望。

八

现代美学家朱先潜说得好：
美是事物的最有价值的一面。
飞云湖的山是美的，
水是美的
与山水的相遇也是美的。
无须说出
热爱还是深爱，
无论短暂还是汹涌，
所有的美已在我的眼里
缓缓化为一朵祥云……
听流水拨动秋日的琴弦
一缕光线
蝴蝶般地落在我的脸上……

九

站在铜铃山上，
最好把一颗爱美之心
安放在山谷中，
我心之固，固不可彻。
把目光投向高处
仰望这奔走了亿万年的光芒，亿万年的蓝，
清澈如同婴儿的眼睛
侧耳听风的声音，轻轻地，柔柔地……
如一位江南女子甜美的味道。

不远处，阳光与水一起奔跑……
我第一次发现，阳光也会像流水一样，
发出悦耳的声响，
且听，这不安的尘世
且听，流水在诵读万物……

一座山为谁日夜摇响铜铃 （组诗）

◎姜　华

铜铃山朝圣

一座山，高到让人仰望
那些攀山的人，谁愿意错过铃声
弯曲的道路和历史，追赶着游客奔跑
在山中，一只蝴蝶也能点化人生
春天在铜铃山中，从前朝搬来的风
在高处生长

一座山，隐居在云里的山
山中生长的植物，吟诵着春秋
有洞穿千年的文脉在行走。一个
人物从明朝走出，他金属般的名讳
让白云低头。那些关隘和隐喻
正把一段尘封的历史，娓娓道来
山含玄机，惊叹声处女般隐秘

春天的色彩，早已印染了江山
一群攀山的人，身披圣光
伯温无言，静静地坐在高处
把铜铃慢慢摇响，唤醒众生

山中

走进铜铃山中，我的脚步

慢了下来。这里的树木、小草
甚至那些鸟鸣，都暗藏着深意
山里的风，也变得陡峭起来
人不能抵达的地方，风都去了

现在我只想一个人静静地
待在山里，从那些植物和动物
身上，寻找先贤超人的灵感
然后扯一块白云，或山风
让自己灵魂慢慢超度

什么也不用说，像一只蚕
精心把自己包裹起来。在
风吹丝绸铃声中，破茧而出

慢下来

穿上春装的铜铃山，色彩和气味
让几位诗人汗颜。这个仲春
一群书生慕名而来
那些在山中漫步的动植物
一齐扯开嗓子，吵醒一座江山

走进这方山水
我们的脚步慢了下来

在这块叫文成的版图上行走
一群行走的汉语和修辞，四肢乏力
站在古驿道上，有前朝气息伴着鸟鸣
扑面而来。面对如此厚重的风水
一位诗人，愿意放下所有矜持

只是一群匆匆过客，叙述一座圣山
我们还缺乏足够底气

铜铃山， 水最后的一跳是静止的 (组诗)

◎蒋志武

路上的秘密

六月的铜铃山，繁茂的枝叶伸展
在高耸的岩石上，锋利的岩页在怀念什么？
连香树，毛冠鹿，那涌起的云朵
如此奇特地腾跃
阳光下，被比喻和惊叹的事物纷纷出场
这使我的游览得到了节制

大自然的面具从不遮掩，所持的味道
从壶穴碧潭的水中清洗而来
花粉，更有力量的繁殖，我够不着的
就是被蝴蝶点缀的辽阔
以及被铜铃山包裹的真心

一个人远远地站在山顶，眺望，回眸
被锁在繁复的景象里，在路上
身体里被淘洗干净的陶，水，血液
发出预兆，铜铃山，这样的美景
当我靠近，我自己也没有察觉

瑶池的开头是一波碧绿

瑶池，那些瓦解的力量来自虚无
当我悄悄地靠近了水源和一片红花的绽放

一只白鹭的叫声，有云的颤音
观日台只是镶嵌在池边的一个暗哨
并没有对我发出警示

那么，叙述瑶池必须从一波涟漪开始
水随风缓缓摇摆，绿，让我想起崩溃的钟声
我不必放空身体，湖中局部的时间
正为瑶池的早晨安置钟表，在这里
镜子可以收回它的原形，水给我的生活
就是生活的本身

瑶池的开头是一波碧绿，是喷涌的泉
在午后，形容词丧失了保护
我将跟着赞美的句子行走
寻找一个为瑶池的美授勋的地方
是的，在这个如梦如醉的瑶池
触动了我对人间的爱，对花的媚
对水的情，我今天在这里抒情
明天，我会捡起那些破碎的事物

在百丈飞瀑，献身一跳

瀑布，时间的竞争者，在飞云湖
水，突然在高处生长，展开
我来不及喊一声口号
水花便绽放在面前，直逼生活的顶峰

如果你从更远的地方，或者对面
看百丈飞瀑，水快速集结
那印有石块灰色的水帘从天空铺下来
没有混乱和冲撞，只有高度和思想

人类，崇尚于暴力带来的快感
安静的琴弦仍具有蛊惑的力量

而在这里，假设以水的方式献身一跳
你会看到死去又复生的人离你很近
水，从简单的事情开始
最后的一跳是静止的

铜铃山，我的呓语

铜铃山，树根保守着树的秘密
行云流水只是我失去的一部分
我需要一次自由，坐在峡谷面前
说出我的心里话，念出生命里
那些恩人的姓名和籍贯

我愿做铜铃山里的一丘壑
长满尘世的草，敷上酱色的泥土
我愿做铜铃山里一块石
吸纳世间的苦难，收藏卑微和疼痛
当万事万物在喧嚣中找到归宿
我得到的一切也会变得美好和高尚

在铜铃山，缥缈和现实
铜铃蒂上漂浮的雾缓缓起身
当一切生长的事物交给了时间
在红豆杉的反光里
我得到的荣光不是强大的虚幻
而一切可以挽留或者隐匿的深涧
都有一颗饱满的心

文成诗篇（组诗）

◎瘦石别园

红枫古道之约

那么多的古枫，那么长的古道
不管是走在大会岭、松龙岭、岩庵岭
或者龙川五十二岭，玉壶五十都岭，樟台枫门岭
西坑八都岭，南田武阳岭根岭，周山驮岭
我都像前朝的书生

然飘落的音节是新的
长久的等待是新的
历经曲折后的誓言是新的
我和你牵手，斑斓成蝴蝶也是新的

现在最要紧的是
将鸟鸣的婉转，捉进亭台
或放牧于山泉，古寺
斑驳秋阳的香味
将我们的爱，嵌进落满钟声的条石
把远方还给远方

你吟下第一句沧桑
我的肩胛便抑扬顿挫
就这样走着，走着
又一枚浪漫落下来
那红，那美，那醉了的样子
江南少有

我们开始古老，寂静
且许月亮偷看

写在龙麒源

天开画屏，注定我好运不浅
龙麒山、金碧滩、龙麒峡
语溪谷、飞翠湖
兀自有声有色，分列旖旎

最是那铁索吊桥，摇晃着
我的上半生，总是有惊无险
习惯了一路摇晃，也就守住了静
之后直通桃源洞，豁然开朗
自然是理所当然的事

我爱这样的摇晃
两山之间的小径渡我
下半生的好运
像鹅卵石铺成的山路那样开始平缓
起伏的是仙垒壁、溪雨亭
竹篓桥外，夫妻树苍翠着苍翠
凝碧潭映照着我和我的她
白云偷偷笑了，说我们不慌不忙的样子就像诗配画

那时，她和畲族少女一样美
而我已然若仙
我这样想的时候
又听见了深山含笑幸福的声音

拜谒刘基庙

遥望。高过华盖山是对的

六百多年了，我远远就喊出了声
王佐帝师，我喊你先生是对的
我的到来，你不用掐指也是对的
"忧来无和声，弦绝空长叹。"①
这高旷绝尘的一句，放牛娃早就说是对的
而我只是一个喜山乐水的人
偶然间读到了你的《旅兴》
便忐忑了一上午

进入。宏伟万分
庄严千分，清幽十分
这不是你的运筹帷幄，《郁离子》中也没有记载
而壮观，满足了我百分百的猜想和恭敬
然我身披清风，脚踏白云
尽被你神机妙算

在你坐像前默立良久
我总想对你说退隐太迟，抑或这是我的无知
想来你毕生立德，立功，立言
不惧兵荒马乱，大丈夫理当处江湖之险，决胜于千里之外
其实至今我也不懂你的忧，你的痛
只能在心底再尊你一声：先生在上，千古一人

廊有古钟，被风撞了一下
清音掷地
向远
我出重门，却也不知归隐何处

---

① 刘伯温诗《旅兴》（一）中的句子。

铜铃山四季歌

◎金慧敏

一

铜铃山的云雀有自己的方言
它们用清脆、湿漉漉的叫声
掀开铜铃山的春天

大地苏醒，草木向前奔跑
花香坠入清潭，被流水带向远方
在铜铃山，我遇见的每一朵花
都是我昨日同行的伙伴
一起攀着春天的衣角，远行或停留
这里的每一棵草木都有梦想和野心
就像在尘世里行走的我
为了高过人群，而
努力地踮起脚尖

二

铜铃山的夏天还可以更绿吗
每一片叶子，都有浓绿而饱满的汁液
它们不善于利用羞涩的语言博欢心
无论如何，都不能辜负
翻山越岭赶过来的这个季节
尘埃远在尘世之外
裸露的每一块岩石，都有自己的秘密

都值得尊重和感恩
四十年的浅薄，会晤你亿万年的坚守
我理应羞愧不敢言，但我愿意
在我的骨肉腐朽之前
把人间悲欢，叠进那片张扬的绿色
用我的方式，默然爱你

三

你有高山流水
我有一颗听曲的心
你有霜叶胜似二月的花，我有
良宵秉烛的好意

草木还没有开始凋零
白茅花和蒲公英都在找家
山上的浆果像一盏盏红灯
照亮世间万物，抚慰酸涩童年
往南的雁，秋声撞上孤绝陡峭的崖壁
有温暖的回音，我说呀，不如
就此结庐，铜铃山会给你一千个留下的理由
也能教会你生存的智慧

我愿意自己也有一颗草木的心
时光老，心不老，或者
在心里安一座山，轻浮人间
水转，山不转

四

在第一片雪花落下之前
存够一冬粮食的小兽早就躲进洞穴
那些怀揣梦想投入万千树林的飞鸟

就像是我们离散的亲人，等着相聚时刻
清晨的每一缕风，都带来神的谕旨
万物都在等待一场雾，神秘而庄严
秘密在建的水晶宫，还不能示人
在铜铃山，我是
我是一朵住在冰里的红梅
伴琴音，写绝世清词
等前世的爱人，总是
忘记人间的清寒与疼痛

山　中

◎孔戈碧

草木静谧，虫鸟温和。
世界以退潮的光影慢慢归于沉寂
让人忘记与它相关的词语
感觉就像消逝在谁的远方

田野那么低
一条弯曲的土路那么低
远处的村舍也低低地匍匐着
比沉默更沉默
而我是如此热爱这些低处的事物

村庄渐暗，雨声收起。
睡在河湾，是将要坠落的露水
目光所及词语消融
群山入境，倦鸟不迷。

我天生注定与文成缠绵（组诗）

◎乐　冰

刘基故居

我们曾经伤害过的世界
无法弥补。幸好刘基故居得已保存
在南田镇武阳
我看到这幢建于明代的五间陋舍
蓄满了简朴与仁慈
我小心地抚摸方方正正的门框
仿佛抚摸着一颗正直的心
刘基，明初军事家、政治家、诗人
一生为官清正、同情民众
我看见一只蝴蝶
在屋子与庭院之间飞翔
蝴蝶不会说话
但它衣着干净
清晨的阳光照在斑驳的书桌上
完美的光线，柔和地抚摸着书桌
抚摸着他当年的诗书
仿佛抚摸着一个人的灵魂
无须语言，这里的每个瞬间
都是历史性的会晤

百丈飞瀑

仿佛从天上漏下来

从神仙手里流淌过
现在，我和百丈飞瀑紧挨在一起
听流水声好像听仙女动人的笑声
我的胸中如此不安宁
啊，我宁愿在她身边死去
快快活活地死去
想一想，在尘世里承受的苦难
我更愿意接受上天所赐的礼物
和她同享大山深处的幸福

铜铃山

我活着，我不能紧闭嘴巴
我要赞美生活
我的眼睛没有受伤
对美好的事物
不能装作没有看见
正如我走进铜铃山
那花海、飞瀑
那竹海、流泉
那最高处的风光
绿色的叶子
火红的花朵
向着天空怒放
我的血仿佛被它点燃
路旁的每一块石子都有自己的故事
它们恰如其分地散落在铜铃山
作为道路
我把一块石子放在手中
感觉它的身体高贵而庄严
有着不可能驯服的意志

铜铃山，一壶时光中锻打出的山水 (组诗)

◎黎大杰

那么多的人都往壶穴里扔阳光

阳光似一把抛出的剑
插入泥土或者岩石的缝隙处
就有风吹，有水溅，或有鸟鸣长出来
风一个劲地吹，水飞起来
飞起来的水，就成了披在铜铃山上的舞台幕布
这是一滴被锻打了无数次的水
在等待一场盛大婚礼的开启
鸟鸣就是仪式中最高潮的部分
那么多的人都围站在舞台边
他们的眼睛里满是阳光
他们都是向翡翠舞台上扔阳光的人
那么多的阳光照耀着我
那么多的时光堆集着我
今天，我是一个幸福得无法隐藏的人

对铜铃寨深怀愧意

每个人心中都有自己的山寨
就如铜铃寨，至今都孤悬于岩崖之外
比起凡尘，我们已让一些俗世羁绊
是的，我们都是泥土的叛逆者
我们对寨子里每一棵树，每一株草
甚或每一块破旧的泥砖，都满含深深愧意

无意于隐藏什么，我已臣服于铜铃寨
每一道栅栏，在与风一起对抗着风
铜铃寨在上，这些用时光拼接而成的石头
能让我们看见自己内心深处闪过的一道佛光

百丈瀑是铜铃山张口吐出的一朵莲花

一滴水带着一路花香
在追着另一滴水在飞奔
百丈瀑是铜铃山张口吐出的一朵莲花
莲花盛开，满山就香了

那些阳光，若即若离
宛若一壶小时光，取之不尽
那么多的脚印都盖上瀑布的莲花邮戳
为你邮寄一世的花香

阳光照耀着阳光
飞瀑叠压着飞瀑
就若莲花的香只堆集在莲花之上
流水也是可以堆集的，时光也一样

我们都是飞瀑的仰望者
有时，我们只需要一面镜子
就能照见深潭中的自己
以及在尘世上的义无反顾和决绝

寻诗铜铃山

◎辰　水

1

我们纤细如藤蔓，悲喜不形于色

2

进入山中或许有三千种方式，而我只能
选择其中的一种
越接近安全，而内心的危险
早已出现

在生僻的山道上，连飞行的鸟
都几乎遭遇到了难度

3

我与这座山对峙，自己便是彻底的弱者
失败早已注定
而群山却沉默不语

一只叫不上名字的野兽，突然出现
但它的胆怯像我的胆怯
面对世界，我承认自己
已失守了楚河

4

梦中的铜铃山应该比现实中的更小
甚至可以折叠，收藏山水、瀑布、流云……

而事实上，这山水无限大
被深埋的目光，掘出来——
也无法容下这座青山

5

从百丈漈回来的人，再次陷入另一个阴影里
重复踏入同一条溪水的游客
他们的惊喜，却一加一大于二

在深不可测的潭水里面，藏匿着什么
没有人回答我
甚至连导游也不能

另一个世界的熙攘，与我们无关
如果那是真的，里面是否也居住着一个
不可一世的帝王？

6

扔一块石头到峡谷深处，却无法听到一声
跌落的惨叫
在悲喜之间，太多的沉默
就这样被黑暗吞噬了
连一丝响声都没有

我是另一枚沉默的石子，从北方而来
保持着最初的完整

7

与铜铃山上的一株古藤对视，仿佛看到了
前世的自己
伸出的藤蔓是谁的手臂？
我抓住其中的一根，不忍心撒手

它是我的弟兄，也是我的另一个亲人
植物的纤维，亦是肉身

8

无数的脚步如印章，戳在山道
又被谁擦去
行人是另起一行的标点，逗留于此

转身离去的诗人，它们用诗篇安慰自己
其中没有谁轻易就可以成为
下一个千年的李白

我确信自己是渺小的，相对于群山
小于尘埃

铜铃山絮语（组诗）

◎李元业

飞云湖的一滴水

其实，和别处的水一样：清澈，流淌。
一样从源头来，向未来的大海奔去
勇于汹涌，激起千丈浪。而你眼角噙住的那滴
曾是文成最纯洁的一滴
饱满，又被我诗句里粗略的文字咬掉几口
那阔大的关阙，有着怎样的空荡
在诗歌中死去活来，我知道疼痛的意义
以及我心中每一滴水所折射出的光晕
一滴水的旁边，一滴水，顺从本性保持住本初的善
和爱。

正在浅潭缓流的那部分，是经书。
直接从山崖奔跳而来的，是韵脚
压住一个韵脚，再压住一个
慢慢地
我在完成自己静流的执念。
水的左边或者右边，又是一滴
好像壮志未酬
好像还要一直奔流下去。下游，是浅滩
也有船只的航线
人间的山色，文字，已经疲倦于阅读
这滴水，藏住源头的事情
最好无遮无拦成旧河山，这样我就可以名正言顺
让眼泪滚落下来。

谁是刘基

一座山耸立了，上山道的人，就是刘基。
一条河流淌着，沿岸久居的人，就是刘基。

你喝大碗酒，夜晚，伴星星失眠。
文成的夜色，适合写诗，也适合给一个人
筑坟，立碑。
碑石上写下子嗣的名字，风吹雨打
远去的人，他就是刘基。

……在文成待久的人
会从时光深处抽出一条绳子
如攀岩中的那条，如悬梁的那条

我不怕死亡，怕就怕，没有刘基一样聪明
最后死在自己的无能上。

壶穴瀑布

一滴水跟着一滴水跳
像从壶内倒下来。我看见悬崖上的白练
比陡峭的山体更加雄壮
人活一世，草木一秋，水滴在跳跃的这瞬间
赶赴一场命里的盛宴。
白云为它让路，山涧为它让路
连栈道，都跑出身体的鸟鸣，与绿色的植被
让光阴换了人间
跳龙门的鲤鱼，走红毯的明星
他们是茶壶里煮的饺子，一个劲往生活里倒
而你隐居在这里
天塌不惊，可以落身成庙

手提春风明月，只斟壶穴的这一滴
称之为琼浆。

铜铃山手记

◎厉运波

1

先抱紧，然后再打开——
对于我来说，这一座山就是经卷、物语、云霄和绝处逢生
就是一次坐拥，交出潜伏的帝王

一些触角总是要慢下来的，和草木一起
遁入山水的境界
肺腑有时跌宕，胸口难免起伏。总要由一团流云来抚平、
　填满
甚至迎向霞光，一饮而尽

铜铃山上，一点风吹草动
都能让世界喧哗
上去 1000 多米，天地仍是一个解不开的谜

2

这一座山是怎样炼成的？
我思量过。山石磨砺成性，草木背诵流年
不凝神屏息，何以立崖成刃？

而一个人的内心，可以修筑许多条向上的栈道
也可以由一声野兽的长啸
验明凡俗真身

那么深的一道峡谷，仍在替大地修行。它有时痉挛，魂不
　守舍
它使我面红耳赤，呼吸急促
云雾缠身，适合向脚下蜿蜒的峡谷
纵身一跃

3

只能说，铜铃山的美，胜在酝酿——
一块崖石，酝酿一次探身。一草一木，酝酿一怀灵感
一眼壶穴，酝酿一坛醉意

天上来水，正以瀑布的形式
加剧这一座山的雄奇
激流刮过崖壁，青草在喊疼。仰望的人，抱着一柱梦的虚空

是另一种幻觉的美。吟天籁为水
积声色为潭。这一脉跌宕的壶穴瀑布，任谁
也无法拦腰抱起

大地是一个漩涡
群山在潭中，陷入深醉——

4

把大地踩翻，亮出肋骨。把天空仰望到没有蓝
只有飞来荡去的神灵，一闪而过

那些攀缘的游客，都怀揣一种信仰。一双脚的丈量
让一道道石阶，陡然而立
我想，我可以拽住一片有影无形的流云。幽谷鸟鸣
一只魂魄，飞过来——

最好，用腹语与山风对话。站在铜铃岩上，要保持心平气和
该是多么奢侈

5

在山中，人是还俗的一个词
与一些野性的爪迹和羽翅无异。盘坐日月，有时可以念诵
　　化蝶
有时适合修炼疗伤。喊一声，竟是漫山遍野的呼应

记不清了。哪一阵风推过我？
哪一块山石搁浅了心跳？一腔赞叹，不是被风掏空了
而是被灵气打磨成形

草木之光，染上两袖就是云游。有蝴蝶引路
蹚过一溪水
有峰回路转，构想了我这一天的时光

6

风来，欲满
云来，遁形

一叠苍翠经卷的归拢，念诵于脚下
小瑶池的水，深至眼窝。我无法扶起倒影的峰峦，却能将一
　　滴泪
还给天边。眼下，与山水的握手言和
就是皈依

总要与这个尘世有个了断。身在铜铃山中，沉醉就是余生
一次振翅，就是所有的念想
与灵魂的纵深——

文成览胜（组诗）

◎梁　梓

铜铃峡

你一定会惊叹：怎样上好的手艺
雕琢如此恢宏之作，又辅以草木繁花

使得铜铃山以此种方式来呈现它的内心

以身体构筑两岸，它怀揣的景致
星罗棋布，每一处都不可或缺

眼神是不够用的，无论是谁也别指望停下来
在铜铃峡，你是一只不知所措的蜜蜂

问讯这些花草，树木更多的讯息
企图弄清楚它们之间是遵循怎样的秩序

美景始终和你保持最佳的焦距
你会觉得自己显得多余。转而会艳羡

无论是黄腹角雉，还是云豹，哪怕是
有细长触角的苔藓，都有其独特的灵气

野果在枝头，有它们刚刚好的位置
无论刚落花的，青涩或成熟以及腐烂的

都圣洁如同被神抚摸过的

或者是它们成熟也并非为了收获

放眼望去，铜铃峡已斟满许多湛蓝的杯盏
它只等你来，从心里掏出来你的

百丈漈瀑布

一波三折。
是谁？把百丈的帘子挂于绝壁
这儿，有怎样的秘密需要如此掩饰？
门在哪？通向怎样的去处？
又是谁？于悬崖之上，雕琢出
这众多无不因势象形的美景

仰望，你会感到风，时间是多么相像
你喟叹，赞美，有词穷，乏力之感
会觉得自己渺小如虫蚁
会灵魂出窍，蜻蜓点水，一一掠过
——龙井，步云岭，观音洞，金龟石
掠过老鹰峰，一路向下

这精钢般骨架的竖琴
质朴，优雅，巧夺天工，无坚可摧
银练般的琴弦，比月光略重
比目光略轻。这四下里的天籁
构成盛大的棉麻质地的交响乐
被无形之手，昼夜弹拨

在百丈漈，耳朵无疑是最大的空洞
被浩大的声浪蚕食
逼退残存的嘈杂的金属之声
或者它们会进入你的最小的骨节
你倘若能逗留到夕阳西下时
看着这匹流淌着的金子

你不能不被它感动，被彻底地洗礼

飞云湖

抵达飞云湖景区
才能体会——人在画中是怎样的情形

悸动，震颤，伴随着每个细微的景致
潜意识又会将你排斥，剥离，众多的瞬间

触角所及——不尽的青山夹岸，水绕孤城
你发现，它们和你之间有着高贵的生分

逶迤的云朵和帆影，湖水和天空
没什么能阻挡。一种轻盈滑行在另一种之上

山水互相构筑的迷宫，无论岛屿
村落，树木都有无可置换的安宁

青山的屏风之后，还有多少洞天？
光影水流，氤氲，变换

或者，你甚至会想，莫不如隐姓埋名
寄身于山水之间，或渔，或耕

直至一只白鹭从湖水中撤回它的身影
你才回到你身体里——嗒嗒的秒针

铜铃山行（组诗）

◎林杰荣

红枫古道

这个时节
文成静静地躺在火焰的掌心里
它不做虚无飘渺的桃花源
随时，有着古往今来的脚步
掠起历史途中的一片枫叶

漫山遍野开出它想要的颜色
怀旧，一排古老的台阶敞开了心扉
秋风由内而外
截取每一段时光里的热情
越是深入红色，越是
把那双隐藏至深的翅膀
扩张成洁白的秋

谒刘基墓

我不止一次揣测过你的墓志铭
"为公"，或是"守廉"
或是，在草木萋萋的大明盛世
退守几缕静默而尚未变形的阳光
七百年沉思，历史破了又立
你的脚印留在每一个过往的时代
久久不肯散去沿途积雪的清辉

墓前的年岁越聚越沉
似有说不尽的风雨
要压坍日渐腐朽的人心
你早已放弃与残垣断瓦继续辩驳
那些没有立场的善变的祭拜者
一概被你远拒山外

铜铃山行

铜铃山的栈道皆是良民
没有烽烟，或者鬼祟的伎俩
渗入半寸绿色土地

峡口处有飞瀑坚守传统
那些无惧粉身碎骨的牺牲者
总是传承了某些清白之物

蜿蜒而行的最纯正的山味
越积越深
蓄成一双双明澈的眼
这是铜铃山唯一的表达方式
把风雨不变的真诚
同时抛给白昼与黑夜

飞云湖的静与蓝

是浓缩到了极致的静与蓝
在一朵云上悄然垂钓
纷纭世俗里始终轻盈的船帆
群山在此畅泳
偶尔遗落的星辰，尽数
点化为口吐幽深之言的灵岛雅士

沿岸苍翠更像是一场祭奠
草木的虔诚纷纷铺展
烟波回首间
它从不自称为江南
没有独酌的人和离别的泪水
月光一遍又一遍，漆刷着文成的倒影

百丈漈瀑布

我不该用仰视来迎接
这一场逃脱雷霆的汹涌政变
除非它无意摆脱玉石俱焚的命运
而我的眼中，此刻充满了彩虹
粉身碎骨的跳崖者重新上阵
嘶吼的力量，借大地
震撼每一寸纸上谈兵的和平主义

我忽而成为沙粒
期待把我一口吞下的贝类孕育珍珠
顺流而下的阳光纷纷实名注册
谨防在文成秀色中走失身份

这里的语言都由风代劳
百丈高度的问答
足以令旁观的流云默然沉思

涛声隐退，我在它体内听到逆流
那些从未消失的金戈铁马
以及，漫山宁静的暮色
竟如此和谐地煮沸了一锅江山

红枫古道

◎ 刘道远

烙进石板的兵车辙印　萌出淡淡黄花
刻进摩崖的烽火狼烟　烧红半天流云
刘伯温的坐骑　骑成铜铃山的擎天柱
每个旅人　都可以成为骑士
每片枫叶　都是凯旋的旗帜

走进层林尽染的枫林
风吹红叶身体渐渐堆砌人间初雪
城市的灯和人用尽了红啊
这西风瘦马的古道　用挂满枝头的雪
昆曲的舌　舔去现代人的焦灼不安

那时的古道干净如雪
落叶片片扫进古卷经书
枫叶似血　盔甲怜香啊
万枚书签怎抵一颗断指
枫叶落枫叶飞　哪片不是破碎报国心

怀抱月亮和花荫的女子
把一片柔肠　由绿写到红
把一檐冷雨　由雪写到冰
古道是思念搓成的一行乡愁啊
枫叶是郎君弯弓射来的家书

落叶叠叠　压驼梵音寺院
小沙弥一把香茅帚　把青石扫成八音盒

哦背负钢筋走来的现代人
多么需要这样一场燃烧的雪
擦去身体铁锈　纸上烟火

月老山（外1首）

◎刘亚明

太阳是唯一的表
赠给了你

在月老山下
每每约会，缺少了遵循
因此，迟到的
常常是我

夜访百丈漈瀑布

这让我想起——
临近过年。哗哗的水龙头，一直
不停。挂钟时针指向明天，母亲的两手
还在洗衣板上用力地揉搓，发出持续的声响
仿佛只有这样才能洗净夜色
也仿佛手里的衣物
和她不共戴天
她大汗淋漓
冲洗拧干
然后，才长出一口气
看了看躺在土炕上的我们

我的树不会开花

◎刘跃兵

一座山的荒芜即是我的荒芜
像一棵树呈现的一样
树枝叉开的，都是它的言语

树的表现力，是释放出来的形状

它不规则的影子，有时呈现
灰蝴蝶。有时呈现出熟悉的脸庞

在向神的祷告里，我和树是虚构的
树是树的房子。树
住在里面。死盯着叩门的人

藏身之地。山不是我。
我即是我

文成：一景一诗情（组诗）

◎龙小龙

百丈漈瀑布

该以什么样的情怀来拥抱一切
倾泻而来的天空，裹挟的惊雷和闪电
这万马奔腾的壮烈

一漈二漈三漈，汉白玉一般
自上而下的跌落，仿佛是我虚度以及
拥有的时间，阶梯状的碎裂

大地如此包容的阵变，云在塌方
山在飞升。轰然掀起
骨头里的万丈雄风。我，征服了自己

飞云湖

云、水、雾原本是一家，无论阳光普照
或是风雨满湖，它们水乳交融
亲昵缠绕，让我深深感动

它们联结成一条蓝色的丝带，用柔情
揽住山峰和岛屿
揽住了这些零散的黑金和翡翠

竹木掩映，湖湾萦绕，山石盘踞

在这个混装的世界里
我们是不带任何盘缠的鸟类，自由出行

红枫古道

攀着肩，挽着手或驻足相拥
我静静地看着，一片红唇压在另一片红唇之上
呢喃，倾诉，除了鸟若无其事的啼鸣
安静得只剩下心跳

为什么红枫古道卸不下乡愁
为什么沸腾的草木要把大地烫成轻度烧伤
淬火，铁屑缤纷成蝴蝶，生动飞舞
峡谷或张或合的肺，在鼓风

沉醉于爱的世界，往往没有人会想起
往事的天空也是这种火红

月老山

让湖水浊去尘世的污秽，澄清爱的事实
让青草摊开天空的隐秘
让我们顶着露水走向莲花的绽放
将你的吻放在我掌心里，结出小果粒

今夜，有很多幻梦正抽出羞涩的嫩芽
很多渴望被埋在心底
所有的证词都指向一个核心
放开缆绳，任年轻人放浪一夜，任情欲自由飘溢

红尘没有虚度。我们拜了天地，拜了高堂
为赶赴人间的艰难彼此对拜
今夜，应该拜一拜冥冥之中的月下老人

拜谒刘基庙

居庙堂之高或处江湖之远
有人忧国有人忧民，还有人有事没事忧天
孰爱，孰恨，咱老百姓说了才算

怀念先祖，建一座寺庙
是对于仙逝的人，唯一的祭奠
四面通风，为灵魂随时造访大开方便之门

这环境选择也是用心良苦
愿你回归野趣，用清溪、飞瀑、碧潭之水
濯洗童心，远离风寒湿痹

去文成做一个田园诗人（节选）

◎陆　承

二

寻觅神奇的历程，恍然，而静谧。
没有人说出必然的颂词，
在一本典籍或院落之后。

碑刻仿佛来自昨日，告白似乎来自明天，
在这悖论却饱含了万千的风华里，
我体悟超越一万本书的指代。

思绪暂时停顿，田园遁入灵魂。
遇见的那个老者，仿佛昨夜梦中的点化。

哦，伯温化神奇，传颂迷雾，尊崇典故。
大江南北，无不演绎源自此地的浩渺与神秘。

他所阅的书，都在此留下了影子？
他所述的诗，都在此涣散了韵脚？

似乎，唯有在此，关乎流传的密码与核心，
才找到了扎实的落脚点。
我缅怀，思索或感怀。
神机并不能妙算，预测贯穿思虑，
渲染的画卷徐徐展开，
又合拢，等待下一个千年的解答。

三

此地之山，并非雄壮，软而为心，硬而为身，
在幽静中吟咏或慷慨。

壶穴奇观，洞入我心。
我未来得及细品，就被另一种美所窒息。

细微的，庞大的，阴柔的，阳刚的，
美美与共的修辞，
在这里得到了天人合一的解读。

哦，山为大，我为小，攀援其中，其乐融融。
写下片段，抑或飞升的炊烟，在绿意中扩散开来。

铜铃或为音，天籁遍地，琴瑟入心，
高山仰止，深厚弥漫。

流水恰似琴弦，不可多得，不可或缺，
在这超然的设置里飞旋。

另一滴水循序抵达，在这自足又开阔的舞台上
阐释生活或风景的真谛。

哦，且借住于此，和刘伯温为邻，
和那豁达缜密的哲理交流。

四

除了山，就是水。
除了水，还是你。

一面湖，意蕴了越界或交融的旗帜，
在涟漪或浪涛里抒怀青春或壮丽的音符。

哦，春秋隐晦，命运蹉跎。
水势也是心态，在观望或慢慢的回刍里澎湃。

请尾随一条鱼或一叶舟，
在艰巨的考量中呈现辽远的风帆。

哦，我并未失去最后的泪水，
在疲惫之余，依然镌刻广阔的意象。

或可曰：飞云可入地，露珠预兆，
晨曦璀璨，鎏金可待，绚烂成幻。

这近似澄明的镜子，
倒映了一方土地的瑕疵、柔情和魅惑。

在日光与月色的编织里，它交付不出所有的珍藏，
也会缓和地陈述一生的镌刻与虚妄。

多少峻峰，温婉。
多少在汉字的笔画中游弋灵动的眼眸。

在铜铃山镇，一些事物很快被淹没在山林之中（组诗）

◎海边边

飞云湖

把想象拓展一下，再拓展一下
形成飞云湖的范畴。一个巨大的特征
——水的价值，以湖面为中心
截住流水，截住目光，令时间知难而退
或者陷入漩涡之中，说出一尾鱼的踪迹
还须以铜铃山为基础，拉近一棵古树
与竹海的距离。让一枚失落的叶子沉默不语
或者喊出他们的姓氏
波光粼粼，像一首歌的插曲落入水面的姿势
恰如其分地说出音节的流畅与质感
暮日真的太旧了，暗淡的
他就要拎着落日起身了。让一只水鸟
起身的过程，以暮日为例，鸟儿的鸣叫
只会落入湖面，沉入水底。在飞云湖
我只想做一名打捞落日的人

竹海

没有更多的风声，像竹林迎着过往
在时间的缝隙中穿梭。停息，是失败的吼声
与颜色无关，与一枚叶子的尖锐有关
一根竹子的曲折，绝不会折断于他的传说
一节一节的故事，每一个环节系满了风骨

竹林七贤的传说，不时从竹尖上落下来
跌入史记的口吻中，此时，我依然听出竹海
犹如大海的音符，咸咸的味觉，舔着风浪
才能支撑起船帆的航行
多余的风声高于一枚竹子的高度
高于时间的顶端落下来
像我们行走的方向，注定迎着史记
走出风声来。让时间稍做休整
历史总会停息在日子的边缘处
想象中用一根竹子挑起一段文字
或者书写她的风雅。如此，这个夜晚
才会安静一会儿

龙麒源

我遗失的一枚银针，深插在铜铃山的
思绪中，随时间的推移，越来越多的水流
从这枚针眼中喷涌而出。犹如
一条从天而降的玉带，稳稳地落在
少女的体温上

这是我第一次对你的称谓——
龙麒源。仿佛一座避风的港湾
仅仅少了一朵浪花，我便躺在你的怀抱中
而我深陷其中的理由
被山林包围，被日子包围
唯有裹着鸟鸣声，我才得以喘息的机会

在铜铃山，感悟生态美学与生命哲学（组诗）

◎马冬生

谁放下尘世的刀斧，谁就能听见铜铃响动

长在哪里，哪里就是活命的子宫与福地
乔、灌、藤、草……都是铜铃山亲爱的孩子

不冷落谁，也不迎合谁
挺立身姿的都在挺立，匍匐也不是在苟且

不像风也不像水，一颗草木寸步不移
从没有想过要走出铜铃山的鸟鸣

荆棘不能砍，溪水不能断
一片叶子从不抄袭另一片叶子的春意

森林栈道让我慢，天然氧吧让我醉
裸露的根须必将废黜我的一切背离初心的想法

整个铜铃山的草木长得并不人模人样
而我又怎能说这原始丛林空旷无人

无论谷底还是崖壁，冬去还是春来
只要愿意扎根，铜铃山任由落户

林间的清香，把重感冒的词语治愈
森林栈道的长度，延伸羽翼飞升的诗意

没有胸牌的树木，也不会走丢先祖骨血
铜铃山的气候与土壤谁都不能篡改

不因为花楸木、红豆杉名贵
铜铃山就对卑微的狗骨柴低看一眼

听鸟啾虫鸣，赏斑斓树叶，沿栈道沉浮
谁放下尘世的刀斧，谁就能听见铜铃响动

我是不带翅的生灵，仰望就是一种飞翔
前半生失去的，我会重新长出傲骨来

每一处壶穴，都是铜铃山朝向春天的喇叭

不把壶穴看作往昔的伤口
也不把碧潭看作现世的落叶

壶穴，该是天眼，天机不可泄露
碧潭，该是明镜，一切真相大白

我没有壶穴一样幽蓝的眼睛
但我必须拥有一潭清澈的冥想

即使无情的岁月摧毁我的躯壳
诗歌的内核，也会重燃心的锦绣

我要寻一处壶穴安放坚硬的灵魂
让一颗诗心耐得住寂寞守得住空旷

就像壶穴是急流或瀑布盛开的花朵
一切暗藏的盛景，我知道用什么来打开

这也是一种窥探，来自远古抑或当下
每一处壶穴，该是洞穿光阴的入口

这也是一种呼唤，吹开灵魂的褶皱
每一处壶穴，都是朝向春天的喇叭

在岩石的凹处，一块生命的砂砾打转
无论磨穿了什么，写下的都不能叫作句号

我要重新审视我身上所有的漏洞
释放灵光的体香，喷薄辽阔曦光

洪水是有罪的，我也要宽恕洪水
没有万年激流旋冲，壶穴怎能看破红尘

我要重拾卑微与渺小，把心掏出来
就像壶穴的深与浅，只聆听尘世梵音

做一块怎样的石，才能读懂百丈漈的硬骨

无论朝哪个方向流淌，在哪里断流
今生有多少泪水，都将被峡谷里的水慰藉

站在属于自己的造型前重塑自我
人生有时候倒挂，才会别有洞天

每一滴水都在演讲，潺潺或者滔滔
所有叮咛是我在人间听不到的箴言

对于流水，峡谷并不是深不可测
对于瀑布，悬崖并不是隐忍的眼眶

找什么退路，只要流淌就会长出一根傲骨
一滴水荡漾开来就是一贴灵魂的膏药

中曲瀑含羞瀑龙瀑凹瀑都不是我想要的

我内心的瀑布，只燃放蓝色火苗

做一滴怎样的水，才能被百丈漈认作亲人
做一块怎样的石，才能读懂水的硬骨

只有落魄的人，没有绝望的水
只有落下的夕阳，没有撑不住的天庭

剥掉一身疲惫，我不敢说我有多么清澈
浪花只有凋谢之后才会重新找回春天

瀑布看久了，我也不绝望
一个人的灵魂因为撞击而诗意飞升

跳崖或者碎骨，无所谓生死
向一种瀑布学习，就能无愧大好江山

天顶湖净我身心，百丈漈把我灌醉
我要矗立成天地间一挂不死的瀑布

百丈漈瀑布（外5首）

◎马　丽

抛下头颅，甘把热血洒入祭坛
山下战马嘶鸣，鼓声擂动
水藻与寒冰迅速集结

嘚嘚马蹄之声不绝，历史倾巢而出
断崖枯藤，又一次用身体赎出石头
废除权利与名誉

那奔跑在额头上的信仰
不止一次狂奔坠落
对命运尖叫呐喊
永世不眠

峡谷景廊

是爱与爱之间的缝隙
是情感与情感之间的纠葛
不，也许是弯曲的艺术
把永垂不朽的相遇
停滞。彼此守护
月光穿越时空，抵达目光
最深处

飞云湖

一定是醉倒的江南
用爱与真情交换了眼泪
抑或是铜铃山腺分泌的乳汁
喂养了水的辽阔，云又一次骗过黄昏
追逐风的誓言，放纵雨的缠绵

昙花再现之时
是开在陡峭之上
惊艳、疯狂、诱惑
飞奔的云
神出鬼没

红枫古道

石阶隐退山林
群山半空摊开手
贮存在时光里的掌纹犹如
一行行诗句飘浮不定
忽左忽右，令人心悸
怔忡的枫叶红在江湖
惶恐不安，驻足远眺
一朵朵云在移动
暮色渐浓，黄昏又一次
介入前世
回眸

龙麒源

时光孕育千年，已具备坚硬的核

悄然接近吹烟，以麒麟喂养彩虹
炎黄子孙与龙的渊源遥遥相望
由远及近的奢华，气势低调
雨洗刷森林，风静坐于晚霞

一潭水见证一朵花开
一簇云渲染一片绿叶
固执的沉淀，松与柏之间相爱成瘾
山水入住光波泛起的涟漪里
秘制的云朵在深潭里徘徊
如游人一般

月老山

传播爱情，见证爱情
和爱情长相厮守忠贞不渝
白胡子老人，唤醒白雪公主
爱情城堡里王子走出城门
愚公为爱不再移山
太阳把月亮娶回家
月老为媒山为证

约会铜铃山 (组诗)

◎芷 妍

飞云湖

雨和流云开始缓慢覆盖
湖水一层层剥出灵魂，让人折磨又兴奋
风声沿水波而来
站在飞云湖畔
细密的虚无淹没头顶
身体成了粗孔海绵
空空了又立刻吸满了江南的魂儿
太贪婪了，霸占这么多丰满
如同中年原本是缺齿的嘴巴却到处说着完美
对不起飞云湖，我依然站在你的脚下
想洗出我十八岁的犄角

神，一切都停止吧
所造之物如此美妙，你是有罪的
风与万物都有瓜葛
我该收紧所有的张扬的寂静

约会铜铃山

脚踏入铜铃山
呼吸开始被不停反复的浆洗
从百汇到涌泉
身体变得透明清澄

天与地都为我一个人摆设
铜铃山在我中央
我是为了一个约定而来
铜铃山是伟岸的男子
一脉群峰是他的身骨
茂林古木为媒妁
山巅云雨为仪仗
两耳风声是笙箫吹起的喜乐
兴师动众等我千年，待如洛神
此时我只想凌波微步
不过我很吝啬
只许你一世相思偿还

百丈漈

百丈漈穿过千年，站在眼前
水声沿着我的身形剪出影子，做成细碎的浮萍
让我这个北方的过客漂吧
三两失意，五钱芙蓉都是完美的凤冠霞帔
新鲜的嫁衣，雷声清淡
远山黛色发霉
我如一滴浓墨坐在水里，不舍得溶解
缓慢画出单薄墨色的烟霞
画出青玉案，彩织锦
此时孤独也是彩色的，姿态分明

神韵文成

细雨推开身子下的绿
墙角又厚上来一层青苔
包裹着昨夜情人的耳语
蔓延上江南额头
落在水波上的山影，醉得扶不起身子

一桨划过恍惚不知所踪
文成是江南的柳眉，青丝
但绝对不是江南的朱唇
是水墨的
每一种颜色都是溶解的软
姑娘低头的羞碎了一地
就成了文成薄薄的魂儿
温润多汁的文成
藏着经年黄梅雨中的胭脂香
低眉禅坐在古老江山的指尖

爱在文成（组章）

◎封期任

文成：褶皱的乡愁

我怕时光缘深缘浅，留不住铜铃山的一片草叶，褶皱的乡愁。

留不住文成姑娘酒窝里飘出的音符，氤氲我生涩的情感，牵引着我倦怠的脚步。

我把一颗蒙尘的心，放进你的苍翠里漂洗。把尘俗，洗得清新。

把喧嚣，洗成静谧。

把浮华，洗成一种质朴，洗成一个感怀人心的故事——

在刘伯温的雕像前，拾掇先生立德、立功、立言的哲学，用一颗虔诚的心，同文成先生来一次真诚的对话。

听鼓角争鸣，被一曲古风所掩盖。

听一弦古筝，演绎一个民族昨天的果敢，今日的睿智。

从中国最高的飞云湖飞瀑，到红枫古道的林木流韵。一声鸟鸣，叩破我的万种相思，我的灵魂嵌入禅意的山水里，听一首畲族的高皇歌，由远及近。

从刘基庙的碑刻，到铜铃山的壶穴碧潭，人文和自然的完美契合，牵引我的万千思绪，透过蔡元培先生的楹联，把一种怀想伸向一种辽阔。

匍匐，拜谒。

一曲梵音，氤氲文成昨天的古老，今日的新奇。

我不愿陷入语穷词乏的思念里，辜负那些草木赋予我的禀赋，沦为四季里的一缕风尘。也不愿让这心灵的皈依，跌入一种虚幻的梦地。只想对着这纯净的天空，来一次深呼吸，用文成流淌的诗意，做一个最真实的表白——

光阴来去无声，我怕风雅若尘。

雀鸟飞过留影，我怕这时光的河流，淹没水月相融的文成。

文成，我来了，就不想离去。即使我离去了，我还会再回来。

与云水携手共舞，与日月谈诗论道。

在烟火与风尘里，饱蘸相思的情感，拾掇几枚动词，抵临我的衣襟，抵临我的故国。

百丈漈瀑布：摸绿了自然

远观铜铃山的苍翠，远去的石狎，翠绿的石壁，让我向往和流连着。

白天，犹如是秘境的奇谷。

夜晚，犹如沉睡的梦寐。

没有什么比得上自然的美丽，在铜铃山，看流云的漂浮，感受天空的飞鸟，我不知道我明天要做什么。

但，此刻，我深爱着这里，深爱每一个属于自然的文明。

我想抚摸百丈漈瀑布，在文成那段美丽的白色锦绣上，我呼唤着，将一切心灵的饥渴，放入这条瀑布，涌动清晰。

我喜欢它，它不是静止的河流，它不是安然在土坳里的湖泊。

它是灵魂临走之前的安逸之地。

听着瀑布的击水声，我静静地沉醉了，或许还要过好久，我才能再次领略这些自然的美丽，奇葩一样的风光。

这是大地母亲的赠予。

这是天空雨露的造就。

我爱铜铃山，我爱百丈漈瀑布。

我爱中国和所有在华夏土地上孕育的瑰宝。

铜铃山，雾凇千年。

铜铃山，仙狲环宇。

在铜铃山，没有杯酒丹心，但有打湿眼眶的雨水。

王母一游，八仙浮萍，幽园翠谷。

百丈漈瀑布，灵汁一动，化作千滴，烈马笑，红尘飞，一只笙庐，摸绿了自然。

飞云湖：爱情的颜色

在飞云湖，看飞仙的梦境，似乎有了当年的勇气，要划分一个白色和透明的梦。

这一切与天空有关，与我心中的那片黑色有关。

飞云湖，我愿是你的一片，飞舞思索。

飞云湖，我愿是你的一滴，等待冷却。

抛开一切炎热和寒冷，让自由断想。

文成的红枫古道，我和恋人牵手而过，回忆那奔波的爱恋场景，不时想起夕阳和晚年。我惧怕，但我更热爱。

热爱一切热切的，和一切奔放的。

热爱一切诚实的，和一切飞舞的。

这里，没有树林的躁动，没有湖泊的奇旷。

这里，没有星辰的闪耀，没有耀眼的明月。

这里，没有迪厅的喧嚣，没有霓虹的闪烁。

只有飞花碎玉的水珠，冲刷大地，和思念的酸楚。

只有竹排划过的湖光，澄澈白鹭霞飞，在芦苇相丛间，掀起波光粼粼。

只有纵越鱼群与扬帆小舟，掠过湖涧，游向远方。

只有鸥鸟飞落帆顶，与水的凉意，拂过我的心坎。

我饱蘸相思的情感，写一个词牌，赋予梦的传奇。

水域如歌，我心怡然。

红枫古道：翻开三千繁华

红枫古道，我们的歌声在远方飘荡，那是爱情的寄语，片片的忧伤。

母亲曾经告诉我："我想看见那些红色的，美丽的自由。"

但母亲没有看到，父亲曾经瞻仰过红色的旗帜。

可如今，我们只能瞻仰过去。

这一切，属于爱情的树木和爱情的颜色，都像这里吹过的风，和我的文字，一起躁动。

都像龙麒源的声音，不属于凡世。

都像溪水的灵动，和空气中弥漫的清香，拂过千叶情笺，抒写万般柔恋。

酝酿飙升的情感，与枫缠绵。

在幽深的古道中漫延前世的姻缘，相牵千年的一吻，羞红了枫叶，羞红万千星辉，等风吹来。

泼一阕墨韵，氤氲红枫古道，倾世间温柔。

提笔写下深秋的脉络，与一湾秋水的涟漪，翻开三千繁华。

在心底浅唱低吟，那一抹微蓝。

在文字里修行一段琉璃心语，给红枫古道，给我的文成。

自此，我不再寂寥和落寞。

文成绝句

◎高　翔

瀑歌

自然的笔触，谱出一首纤尘不染的洁白歌词，狂草竖版在文成的胸脯。飞动的笔势里，十万雷霆，俘虏心底惊愕的烟尘。

207米的崖，凸起大地的硬唇，从山川腹部运来丹田之气，一场千古绝俗的清唱，四季抒情，沦陷所有的耳朵，窒息大山磅礴的宁静。

这沾满唐诗豪气宋词情韵的歌唱，翻动我尘封经年的心卷，随着飞落三叠的韵律，所有的思想启程。崖与水，一道阳刚与阴柔的哲学，倏然扑进我的怀，怀孕无边的辩证。

百丈漈，文成地域的至性歌唱，已把我的心境，点燃。

湖意

与天接壤的渴望，在一个高度里蔚蓝。一生的虔诚，从此有了方向。

源自天空的蓝，睡在群山的围墙内，参悟一道时光的禅，悄然溶解世俗里浓烈的斑斓。在岁月里，渐渐锤炼成一颗文成地域的舍利子，舍利子上泛起粼粼佛光，烛照俗尘的茫茫。

从都市深处爬出来的疲倦，在一颗舍利子的磁场内，随一叶舟，悠然荡进宽阔的娴静里，阴晴圆缺的荣辱，在佛光里黯淡消亡。

因了这蓝，因了这佛光，人与鸟影，各自回归着安，毅然向心底的深深故乡，安静地赶往。

古道枫情

文成古道，从唐朝的山山水水里跋涉而来，以脐带的形式，连住外界的斑斓，系紧内地的脉动。

火红的枫，芳心暗许了古道，一朵朵痴情盛开。

这 3000 枚的枫，这飘在大山里的一袭红婚纱，浸透万千火红的激情，一生焚烧山的寂寞，一路点燃生命的爱恋。

所有商旅的脚步，在西风古道里平仄行走，踏碎一声声的寂寞。在历史的崇山峻岭里，匆然踩出起起伏伏的韵律，红光满面了文成。

这 3000 枚的枫，秋风里，提万千的灯盏，古道西风依旧劲吹，但吹不灭一盏灯火的痴痴的身影。一缕缕火红的目光，在季节的深处，早已燃透了过往和来世的渴望。

壶穴思

柔软的流水，书写出天下的传奇。这传奇已经不是了壶，不是了潭，是一道水刻的哲学。

2.3 亿年的论证，这悠长的草稿，只为一句简短的柔和软的辩证，一生未悔。

清澈的水，这扯不断的思绪，潺潺而来，汩汩而去，深深而息，悠悠而思，淡定无牵地参悟着生命的律令。

深陷的潭，是草稿上的思绪笔记，力透纸背的笔痕，痕痕圈点醉态的山。那十二埕，是十二点镂空的符号，已经成为无字的禅，等待知音的思想，落巢。

文成：光阴和山水的裁缝（组章）

◎关星海

阳光的针脚细密。菊花的纽扣抒情。在铜铃山穿针引线的日子。

百丈漈瀑布是我用时光缝补的袍袖。

月老山是我用月光织出的丝绸。

红枫古道绣着我一生的梦境和骨朵。

龙麒源文着芙蓉出水、恍然隔世的春天。

还有蝴蝶和心思满天飞的峡谷景廊，是尘世的旗袍上，我要翻过的山高月小。沾着鸟鸣和风声的飞云湖畔，是梦想的石榴裙中，我用小篆轻描的水落石出。

在文成的江山中静坐，或者在铜铃山的月光中走走。

不知不觉我就变成光阴和山水的裁缝。

用阳光的尺子为桃花量体，用东风的剪刀为春天裁衣。

把鸟鸣串成凡尘的纽扣。把河流改装成故乡的拉锁。

让蝴蝶落在尘间，趴成一朵爱情的胸花。

还有那些描摹不出来的花香的纹饰，蝉鸣的纹理。

在文成我发现每一片风都是绝佳的布料。每一匹云都是上等的丝绸。

在文成，在人间的裁缝店住得太久了，我就要变成那颗超凡脱俗的织女星。踏着铜铃山的织布机，取来月光和时光的针线，借用人生绵延的针脚，就要把文成的花花草草、山山水水，绣成一幅绝版的仙境。

文成小抒情

左手摘一片文成的清风。右手舀一瓢明朝的湖水。

在尘世打坐修炼。究竟要经过怎样的一番修为，才能像铜铃山的那枚月——宠辱偕忘，波澜不惊？

才能在春天美好的时光哗啦啦吹过山冈的时候，依然躺在飞云湖畔的一片叶子上，摘星，拈花，背诗。

才能怀着一颗敬仰之心，把身体匍匐到泥土里，对着刘伯温模样的一棵古槐，日夜诵经，磕头，跪拜。

才能在靠近刘伯温故乡的一本古书里，小心翼翼地描绘山河，专心致志地研读兵法。

才能像铜铃山的一湾湖水一样，把自己漂洗、历练得晶莹剔透，让自己的胸怀，坦荡得能泡融文成所有的江山。

文成书简，时光之歌

风声是一截泼墨的山水。月光是一种挥毫的意境。

把时光从左手换到右手。让春天也感觉战栗和疼痛。

在白云上种一泓清泉，让梦境引一眼活水。

树叶是梦里掐下来的清秋，茶花是白云上逮到的松鼠。

把大雁捉来，当时光的书签。把阳光的尾巴揪住，做红尘的毛笔。

让桃花掀开人生的酒壶，让鸟鸣朗诵光阴的诗歌和辞赋。

蛐蛐是唐诗中趴着的标点。河水有着宋词中婉转悠长的韵律。

龙麒源有哗哗奔跑的春天。飞云湖住着会隐身术的仙侣。

铜铃山打坐着会调情的山水。猴王谷飘荡着带翅膀的河山。

还有畲族庄飞出的一缕炊烟，就要潦草成唐朝的书法。

不声。不响。不笑。不哭。

我趴在文成的山山水水、花花草草之间，下一秒钟，就要化成张口说话、唱歌的石头。

铜　韵

◎贾文华

一

你一直代替森林，活在这个世界。

别看你相当自尊，其实是在维护隔世的光阴。

把你咋地都行，不许轻视树的姓氏、血统，甚至根须滋生的皱纹。

你，不止一个；还有世外桃源的同仁，一直替代你，活在喧嚣的人群。

眼下，壶穴碧潭水尚不解世事纷纭。有时，飞瀑把你晃成拨浪鼓，你就在光影中咆哮，谁也听不到。

二

水，在龙潭里待得太久，说明，外面树木开始清冷。

水，凭什么藏在幽深的内部，难道只为避开冷清，到暖暖的核内度假不成？

真正的水，用绝壁上的古藤，换取内心的盐和骨头。

三

世界上最火爆的词，活在百丈漈瀑布。他们集体炸锅，不满禁锢。

起初，他们浪漫成风，镶不穿裤子的晚云，缀朝霞的短裙。

后来，他们以自身优势，裹进锋刃。一条看不见的战线，峭壁多高，流光与形容，就有多浓。

如果把大水掏空，把水里的画皮与甬道掏空，等于掏空一座词的城，掏空一坨金的梦。

所有前赴后继，都将彻尾地作信仰的侍从。

四

置身如梦似幻的森林公园，走着走着，就忘情地跑起来，像是追赶西沉的地平线；

跑着跑着，又慢下来，生怕一下子跑出梦幻。

凝眸纤尘不染的深黛，常生感慨：银河就在对面，时间去了哪端？

天堂之光愈是璀璨，林中草木愈加浸染。

恍若天上人间。

五

树和树也有知己，可惜终生不能相依。

两棵从文成大地长出的柱子，以毕生默契，晃动手臂上的鸟鸣，像晃动镲铙上的跫音。

一棵在风湖边扎根，一棵在小瑶池旁沐浴。当太阳携来月亮的祝福，总有森林风，捎来春的寄语。

距离，成就壮丽。

六

眼界的缘故，常与罡风厮守，和朝阳同行者，便把自己列为天空族。

其实，不管多低的岭，只要凌驾于地平线之上，总能以所谓的跌宕，甩一串独尊的造型。

好比卧狮岩，敢把巨人之身，俯向底层——

不显山露水，乃生存至境。

文成，梦一样奇幻（组章）

◎李俊功

观湖，首先想到天顶湖

仿佛，它是轻的，轻到至清，至柔。完全一颗历练之心。制造着天然的经卷。

飘飞着白云。我有荒凉之心，我有低垂的眉目，抚摸到云淡风轻。

风雨的雕刻家，远近的归属感。

被大山之手托举，如此之高。往事不记于一念，任我畅想、反思，借秋风扫去轻重罪孽，沉淀宛若这座湖水，——在虚空的上面，不是漂浮，而是更为真实的上升。

山崖陡峭，拄着的蓝空，俯瞰，风耕耘，雨耕耘，一仍无尘，如佛陀之愿。无际的道场，集合着众树、暖阳、丽鸟，诸神围立。

荡涤欲望的眼睛和世相的尘沙。

在湖畔，如果有谁一意喧哗，谁就会羞愧难当。有大悲之心。回归自己和清澈之水。

含蓄的美，在于不言一语，不动妄想，不积旧习，当我凝视广阔一域，感觉满身尘垢，突然洗净。

轻的，轻到至清，至柔。

轻到只有这座湖水，仿佛时间的未来，和心，和承诺，终有一日一刻的相见。

百丈飞瀑遐思

飞翔的祥龙。不，也是在走着，时而舞步翩翩，时而凌空飞翔。

天空站起来，比一座山高一层云；一座山站起来，比草木高一片绿叶；

一条瀑布站起来，比一座山高一双翅膀。

驾着日光、月色。

飞越云空，像一个独行者，看清了自上而下的生命存在，绝非目空一切，而是一路低处探寻。

风景：高路悬挂，众生唯大。

像高擎的光芒，闪烁，

倏然把黑暗扔向远处。

大山的妙笔：把文成从古翻译到今，鲜活，灵动，长篇神话。

更是奇异的花朵。

飞溅的花瓣，四溢的幽香。需要一种从无尘的洁水里品出真香的勇气和能力。

仿佛聆听到了远古的呼唤。

和大山同奏的心音。

深切，渴盼，仿佛呼唤磨损的自然本真。那些散架的名字，丢失自己的人。那些肉身肥硕，灵魂空洞的人。那些购买情爱，贱卖骨头的人。那些血性阻塞、头脑中风的人。那些良知绊倒、真诚掺水的人……

呼唤飞瀑的兜头浇冲，一个洁净的身心。

站起且能俯身。

整座大山的生命源头，一定能和沐浴者一颗颗心的源头连接起来。

红枫古道

我企图挣脱时间的魔方。爱另一种发芽的生命。

口含盐粒，胸纳苦水。

那些枫叶，有取舍之美。雨水之滴，贯穿着石阶、石道，登顶的人眼含泪水，向后招手。

不能回收所有投放之爱。谁能沿着嗔恨走进善慈的宫殿?！有古道百条可以通往萧索秋寒之外。

漫长，必然是穿越。

把它们放大至崭新。

它炫美，悠长，奇幻，到处散发着汗水之味。像父母，无法忽略的身心劳作。

铜铃山歌谣

◎任少云

我知道，如果仅仅只有一双眼睛，去铜铃山，那是不够消费她那美丽容貌的；我也知道，如果仅仅只是带着一种情绪，去铜铃山，那同样只会心无头绪了无情趣地行走在崎岖的山道里。在一个被诗歌蛊惑的午夜，在一个被情绪感染的异乡，我来了，铜铃山。我必须把双手合成虔诚的姿态，为你为我那样不经意的相遇，表达心底涌来的情绪波涛。我知道，需要与风一般拐弯抹角，需要与水一样转折自如，还需要季节打破循序渐进的方式，才能够合奏一曲古今仅有的绝唱，为你的前世今生，为你的三生三世，成就最动心境的歌谣。

飞云江，无疑是一条飞上云端的江。她的心头壮怀着激情的歌谣。飞云江，为什么突然飞过了无数的山头，让大地沉默在山的沉重里。当夏虫声呢喃响起密密的山峦，这些似乎天籁压住了寂寞的山峦里的溪流声，使初夏变得可有可无。被山风带走的那些湿漉漉故事，连同说不清的决心与准备的梦幻，汇合成蜿蜒曲折弥漫通天的大江，一条自我多情的大江。飞云江，偶尔之间云也会低过你秘密的情绪，让变化的风生出敬畏的神态。多少回云起雾聚，好一番雾霭遮着望眼的情景，让不一般的恩怨旧愿终究顺山而散。是啊，飞云江上的云总是带着潮湿的情绪，穿过刘家老农用满身缀着岁月锈斑的锄头，一次次叩问历史的沧桑，把曾经的梦念幻化成山间溪流，走过万水千山，成就古今中外的传奇不再回头。

铜铃山显然是文成的一种象征。这灵秀之地，就是连虫儿也需要放情地唱歌，一代文臣造就的歌谣，传唱着千年的历史自傲。叩问历史，那又是谁人留与的暗语，让愈是南方的天空愈是靠近虚无的许诺，人们怀揣着智慧的辉光，去消解诬害与阴谋，还历史一个清朗的明月。我们满怀虔诚地走进你的怀抱，需要放情地唱歌，也需要与小草虫儿和声低鸣，更需要为过去的岁月放歌疗伤。是啊，也许这一切的一切都只是一个目的，为流芳到今天的歌谣连通那样的山，还有那些把眼睛长到天上的树，以及我们所有渴望的情绪。有了这些与那些原初的冲动，人们可以顺着你的情绪，漫过隐姓埋名的溪沟，去把握一个王朝的历史，阅读一代文圣施展雄心的年代，去感受为什么只在历史的书卷里沉淀与发酵的情绪以及情绪里智者留给后人的启迪。

文成，我来了，在无声无息的等待里。文成是明朝开国元勋刘伯温的故里，我知道，在有风的季节，在语言沉没了的年代，在饥饿的大米抱成了一团的苦难岁月，一切都是可能的真实。或许不同的心情可以表达着不同的感觉，但历史允许历史留下大片大片的空，为诗人的无拘歌吟或悲情，准备必要的参差阡陌，也许在雾霭笼罩的山峦，山神会变得朦胧。当星月西沉，容貌挂在旧去的岁月，想象你的时间能够穿过密密的林子，今天的我们是不是不应该那样无拘地深入你的心扉。文成的山山水水啊，看您那些穿过叶子谋划的婉转，在安静了心思裹着的落叶，等待着的一个季节，等待着的一个属于自己的心情。不经意的风催醒你我，时间与世界彼此约定了来生，我们该在高过百丈漈的文成，留存什么样的情绪。

铜铃山笔记 （组章）

◎任随平

白郎潆：疼痛的传说抑或爱的颂歌

跌宕的水声，是你打坐崖畔的诵经声么？若是，那些瀑布飞溅的浪花便是跃动的经文了，每一枚文字都润湿着你的眼眸，和高处盘旋的鹰，以及鹰身体内被谁不经意打开的软梯。

小龙女去了山峡么？

负心的后母也去了山峡么？

我看到流水无声地驮负着深秋，和深秋黄叶的金币，那是你昨夜乘着月光打下的柴火么？每一枚金币，都拓印着你双手的脉络和纹印！

——哦，不，不是手的纹印，是你心碎裂的痕迹

殷红，突兀，有敲打生活的印迹！

而你，此刻依旧安坐在岩石之上，细数落叶的金币，那一阵阵小跑而过的徐风，一定是龙女唤归的呼声，白郎潆的夜色，一定被携手相伴的爱情濯洗过——

要不，就在我一转身的瞬息，月光怎会挤进了传说的窗棂，在你的小屋，点亮了迷蒙的灯火？

像闪烁的歌谣，像宁谧的倾诉，向着白郎潆辽阔的空茫，和空茫里安谧的守望！

高坝飞虹：大地养育的人间奇迹

此刻，不要出声，不要诗歌和语言，不要铺排和叙述。

让灵魂安静，让时间静默，让流水恣肆
——顺着峡口，顺着湖道，一泻汪洋！

即便有风，即便有水沫飞扬
——那是湖光山色养育经年的精魂。

不要让眼眸躲闪迷离，不要让身体中的惊叹飘逸，高坝之上，一定居住着神灵，抑或神灵遗落人间的灵物
——要不，那飞虹怎会巨髯飘飘，落地即可开口说话？
说天堂走失的秘籍，说你我一生都不可忘却的挂牵——
此生，经年！

铜铃山：请摇醒尘世的梦幻

不用说你的前世，亦不用猜测你的来生。
今生，你就是一枚铜铃，悬挂在文成大地之上。
——摇醒晨霭暮烟，摇醒渔舟夕晖，摇醒你我渐行渐远的青春和期许。

若我是一粒籽种，就在你的罅隙间落地生根，让日暖夜凉的岩石做我的眠床。
若我是一叶知秋的黄叶，就在你成熟丰腴的午后，暗自飘落，飘成时光熟透的姿态。
若我是一只水鸟，就在你的水波潋滟里，翔出生命皈依的弧线。
今夜，我已无意归去，我就让怀抱着你的铃铛
用我的爱，摇醒你广袤的梦幻之音——
为尘世，和在尘世间奔走葳蕤的万物！

情系文成（组章）

◎水　湄

刘基庙

学为帝师，才称王佐，在旌旗与战马之间，你如椽的大笔书写了煌煌大明江山长卷。

石狮威严，高瓴垂背，八角飞翘，你的庙宇气势雄壮；隐隐雷声和电光如碑文落在你的墓碑上，你的墓形似龙珠，笔架。

在你的墓前，我看到了：河山。气势。磅礴。

赞美，当然都是你的，你的文成，多山，多水，多士，多智。

我来时，春阳如瀑，新桐初引，鸟鸣如清亮的雨滴。

你门前的那棵桐树早在那里；星光早在那里，蕙兰早在那里；那根炊烟和落霞早就在那里……

带着微微的清凉，一根历史的铜箫为你吹起；青天为瓦，你的屋檐上还挂着那年的云和月，风和雨。

想那年月照深院，风叩木窗，你依次走过：读书路，聪明泉，白鹤仙桥，武阳亭，云来亭，走过低矮的露水……

人生明灭，几度蓬草转青，风蚀砖石，来者来，去者去，烽火和城池已离你远去……退隐，退隐，大智若愚，在故乡的荫庇下，成一粒感叹词！

此时，小雨纷纷，我与你隔着600多年的雨雾，感受你的睿智与达观。风吹草动，树木沙沙，仿佛倒叙着时光，仿佛你用乡音回应着来往的拜谒。

铜铃山

叮叮当当的铜铃声，一声声落进流水，风中……
落进我风吹草动的脚步。

山形如铜铃。
层峦叠嶂，这些形状、图案、线条，是谁雕刻？
我们总是从外形开始联系一座山深藏的愿望。
阳光漏到铜铃上，一条静如无尽的山径，如蜿蜒的飘带；山
中，浓烈山野的气味和清凉的风催促着我的脚步。

第一眼看到的那只鸟儿，是我前世的姐妹，我被它欢快的鸣
叫声灌溉；第二眼看到的野草莓红着脸辨认我，没有遮拦，在它
和树木、岩石、溪流之间弥漫着野花的香气。

红豆杉、连香树、钟萼木、白鹇、短尾猴、大灵猫，涌在山
间，迎我，它们保持刚刚醒来的新鲜。伸展着广袤的枝干，一棵
树宽大如盖，像我前世的爱人，为我遮风挡雨。踮起脚尖，闭上
眼睛，我也向上生长，深深呼吸诸多空气负离子，多好，铜铃
山，你的自由清新，把我从一切俗世的气味中解放出来。

"壶穴奇观"，瀑叠瀑，潭连潭，湍流雷鸣，北大教授谢凝
称之为华夏一绝，书法家戴盟先生即兴挥毫 "葫芦藏酒游人醉，
虎过客惊"的趣联；林密，谷幽，穴奇，湖秀，鸟兽欢蹦，野
花盛放，穿着畲族服饰的妹子唱着畲歌面若桃花，太阳拥挤的光
线透过树的缝隙落下来，仰起脸，水，山林，树木，白蘑菇的形
象便散落于她的面颊上……几个祭祖的华侨哼着才学来的温州鼓
词兴致勃勃跟在畲家妹子身后。

铜铃山，你是乐园，血脉一样连着山里山外，五湖四海！你是
故事，是传说，是历史："吴成七寨，金银九行，行行九缸，缸缸九
万"；花树丛中，昭烈亭边铁骨铮铮的红军战士站成醒目的标志！

铜铃山，如一面铜镜，映出所有到来的事物；铜铃山，就是
呈现在这里的一册山河笔记，你博采众山之美，一个鸟语花香、
泉水淙淙的自然博物馆，你拒绝非自然的元素，汽车、高楼以及

喧嚣……

落日熔金，一种光辉，在我脸上流动，所有的鸟都飞回林中了，铜铃山，黄昏还把我放在你乌托邦般清明的枝上。

飞云湖

这透明的魂魄，汲取了日月的精华。

浅绿，深绿，墨绿。

一潭喜水，被正午的阳光封印在一个通透明净的境域。

波光，潋滟。

小舟。船桨。竹海。行歌。

微风，展开它无边的韵致。一荷箭伸出水面，开得恣意。

水语轻呼，阳光如注，一座湖托举莲花。

托举水蓝色的鸟鸣，流离月的琼浆。

绿水荡漾，就似谁人揉皱的绿绸缎，或是千年生的一方绿苔藓。

蝴蝶在湖面上翩跹盛开，风浮在它们美丽的翅沿上，风一动，它的翅便吹开一叠浪花。

蛙声四起，蝉声响亮，闻声而来的蜻蜓，湖光水色染深了它的青衣，一匹阳光挂上它的薄翼。

一阕虫鸣举着水生植物，新鲜，饱满，是谁人摘来的温润诗句？

我站在左边，右边的湖水便倾斜过来；站在右边，左边的湖水便倾斜过来。恍惚着，飞云湖，我也是一滴水呀，我以水的名义蹲伏在你的哪一滴涟漪上？

湖，山的心脏、灵气。

一颗颗恍惚烦躁的灵魂，在这里清明，宁静。

尘世烟火离这，很远，又很近。

飞云湖，像孩提时，母亲推开窗，为我打开的一片蓝幽幽天空的完美主义。

暮色四合，鸣叫的翅膀渐次而入——蓝，净，飞云湖将走进几朵萤火和星光……月垂山野，这些游子自己照亮自己回家的路。

铜铃山诗影

◎支　禄

1

以百丈漈为背景，一动不动，人就是一棵树。
若伸开双臂，人又成了一只飞翔的鹰。

浩浩长风吹远了雷电，无法吹碎你石破天惊的声音；在瀑布声中，一个人的灵魂早已穿过隆隆巨响，去高高的山巅筑巢。

十二埕里，埕埕斟满琼浆玉液；秀色可餐，双目品尝千山万壑！
一方池水，捞起多少日月；路转峰回，云托起你游玩人间仙境。

2

一山的红有多浓，你就知道美有多深。
一树的鸟鸣有多清脆，你就知道湖水有多蓝。

一路的风有多匆忙，你就知道瀑布流得多急。
一眼的绿浪翻滚如丝绸般的轻盈，你就知道山间的云有多飘逸。

3

云啊！转眼让风牧放成天空的白马。
一路上，摆动白色鬃毛，从云山雾海中奔来！

随便坐在山头上，粗嗓门朝远方吼一声，开心就从天而降；
当郁郁葱葱林中鸟鸣盘飞头顶，双手捧住一声啼鸣，一个人的忧
愁就纷纷化成喜悦。

铜铃山，你让我胸襟开阔。
一如大气魄的男人，让山雀子不敢再笑话。

4

"吴成七寨，金银九行，行行九缸，缸缸九万。"
古老的歌谣又在山间传唱，谁都坐不住了。

畲家妹子，一支长箫横吹，吹亮满天星斗，若摘一颗星掌在
手心就可转完座座山头；畲家壮汉，一副唱情歌的好嗓门，大的
山头吼亮，小的山头也吼亮，峰峰神游。

山里，午夜时挑一盏月亮之灯读书。
心静，把山读薄，放飞久藏的梦想。
心乱，把山读厚，压住心内的浮躁。

百丈漈，拓展且纵深了爱与情的诗意张力

◎钟志红

一

翩飞的云，还是没能兜住一滴眼泪的逃离，落在一棵小草的身边定居。

当小草蝶变成树苗的那一天，凝视成人典礼，泪放弃了追云的天经地义。

一滴泪的张力，拓展并纵深了领地——我们昵称飞云湖的乳名，天长地久的分贝，过滤急湍的混浊，击起月光的涟漪。

弃官归隐的刘基，还是没守住白驹过隙后的彩虹，将一座诚意伯庙安放在眷恋的中心；跻身在城市罅隙的游子，棱角被风雨的夜曲磨钝，体无完肤的乡恋，凝结着回家的跫音……

竹韵悠悠，依然保鲜原始的音律；白鹭回访，惯性指南家灯的捷径。那棵曾经低喃着童谣的树苗，长成了一片森林的绿；飞云湖的这滴泪，分解成为百丈漈的一行行诗句……

二

初恋青涩的呼唤，从百丈高的跳板腾空。

龙女纵身百丈的落差，每一个切面都是一行诗句，每一粒溅珠，保值百丈漈注册的胎记。

痴心不改，通俗爱情的主语——我们可以忽略影剧的言情，但无法忽视传说流丹的美丽，特别是对惊心动魄、义无反顾的定义。

漈桥寸步不离，虔诚地连接小木屋村姑的羞涩；观瀑亭的恪尽职守，以卫兵的视觉，审美山水经纬、梳捋示爱的纹理。

三漈的银飘带，情书的楹联、情诗的生命。龙潭珍藏深邃与晶莹的表白，大圣岩威武地托举起龙女的梳妆台，旋转出琴瑟合鸣的绚丽……

银钟花开了一茬又一茬，接踵主演情窦初开的赠送礼品；莲香树绿了一季又一季，刷新简陋而又湿淋的脉脉含情——有一种打开爱情秘籍的方式，山涧的左手掇诗、水岸的右手掂歌，遏云绕梁与字字珠玑达成默契。

三

峡谷与峰林，精心布局幽会的背景；岩廊和乳石，请缨客串婚礼的道具。牵手爱与情的旋律，伴奏百丈漈故事的经典与传奇：

山花的暗香，情郎披星戴月的殷勤，简单又原始地笔直了浪漫的直径；

高海拔的小村落，固化在天地间的枝头，或是一芽嫩黄，或以一帧花姿，恒温爱的不老、情的相依……

来自封面清新的"早安"，目送薄凉月影的离去，准时报道的晨曦，饱蘸流银泻玉，恣意涂鸦幽秀雄奇，瓜熟蒂落的钟情与怀春，瞄准乡愁投下一束束注目礼。

一尊岩石的低温、一滴水珠的卑廉，打折不了海枯石烂的颜值；

一群蜂蝶的舞蹈、一抹红尘的风情，蚕食不了白头到老的常青……

谁有理由相信，无论楷体还是草书，能够临摹石林飞瀑的繁体；谁又能索引字典和史记，定位天顶秀湖的诗眼特性？

铜釉味十足的三仙岩，确是情醉不醒的郎君。锲而不舍的飘云拖练，流星不慎滑落下的丝巾，围脖在新娘附丽的梦呓……

铜铃山的铜铃声，与初恋心率同频地经久不息。萍水相逢百丈漈，在市井混杂的气味中闻到自己，着实一生无价的机遇。

铜铃山寄怀

◎风　言

允许，浮生剃度，
沙弥还俗，
远山群峰踢踏，光阴悬空；

惶惑间，
一尊彩塑菩萨反剪双手，荷月远行，
留下肉身，
在殿前与我推杯换盏。

醉谒山水，梦回文成 (节选)

◎铁 水

1

看吧，那巨幅的山水画竟然站立起来
缥缈的云绮，是哪位仙女遗落凡间的巾纱？
宛若轻袖，曼妙多姿。峰壑氤氲的心事
开满翠山，草长出风骨，葱郁的石头
拾级而上，蜿蜒的山路，如多舛的命运
嶙峋的怪石从山麓蹒跚，抵达三界
哦！这就是铜铃，一座藏满天机的孤城
我并非行者，只是身背梦境，三更起身
履行佛约，禅语从古老的传说中来

2

手指山丛生着刺耳的鸟啼和斑驳的幽怨
风很疾，把岩松吹成旗帜，多想化身一只飞鸟
张开臂膀，在云中穿梭，深情的羽翼
斩开媚惑的云霾。在云端俯视铜铃
拔地而起的寥廓，通透入心。巨大的山体
别着一座庙堂，这里是文成，随时有活佛现身
在最有温度的地方，斋素，抄经，低首，合掌
空气里荡起褶皱，一朵花在故事里盛开

3

壶穴瀑布，动如神祇，从天而降的梵影
正在传说中打开，我必须承认
我打扰了他的安宁，领悟了他的神性
打翻情思万劫不复，哪里的灯盏还未耗尽
请将我认领，倩影之上绣有鸟鸣
按照经文的顺序生长，把自己潜藏在暗处
等待钟声响起，那是灵魂最好的归宿
此刻夕光，如同摸到了大地的命门
斟满汩汩的清泉

4

季节，正在为铜铃山解开纽扣。这是我
此次拼命抵达的圣地啊，摸着大山的脊脉
深感异乡为客的孤独，身体正在被掏空
没有了多余的幻象，扶住一片绿意，小心翼翼
不敢惊扰涓涓溪水的圣洁，铺开画板
水的清恬，与我的暗影重叠。挥毫
多蘸一笔浓情的乳汁，把墨染的轮廓
绘于纸上。我不再挪步，怕惊了
水中的佛光，拒绝我遁入空门的善念

5

在铜铃山，赞美一贫如洗，欲望在此打折
旖旎中藏着巨斧，一点点削砍浮躁、荒诞和狂妄
脱帽眺望，呐喊青春，一条溪水，湿漉的身影
爬过苍茫的山。动用一束残弱的光
撩慰孤独和高冷的光阴。濡湿的空气

无法修葺内心的腐朽，风声还在搓洗着骨头
故事越来越单薄，我必须忍住岑寂
是铜铃峡拯救了宿命，燃一炷香，为孽缘赎罪
在江湖也在庙堂，醉倒，拿经书垫背
风里有了骇世的真相，何来的欲望包裹肉身
等待时间的拂尘驱赶一个死去的魂

6

故事葳蕤，在丛中盛开，时常萌生未曾有过的幻觉
面对青林如临隽永，过分的绿在体内发芽
片刻宁静，从绿水中挑骨头，与命运对簿公堂

我欣喜若狂，转瞬又抱头痛哭，接一杯凌厉的风
锻打坚硬的心脏，斗潭的秀水清澈见底，天空低进骨头
抚摸卧狮岩上的花草，如游走在圣贤体内，参禅悟道
山体滴下昨夜的星辰，绿叶悬挂佛珠
屏住呼吸，闻阵阵幽香。叠影重重，美轮美奂
倦鸟轻啼，交出翠意盎然的扇面，殿堂般的尊严
让人忘却归路，任凭巨大的屏障断送我
——残余的青春和经年的轮回

7

山歌生出佛心，云游僧手托仙钵，在重生的路上
欲感化一只倦怠的飞鸟，或是一位幽怨的路人
在孝竹滩，精雕细琢一杯苦茶送别故人。饮一口
便嗅到山水的赤诚，层峦叠嶂的绿，欲说还休
格外掩人耳目，微光在心底发酵
我自怨不是画师，无法提起俊瘦的笔勾勒山水
一个人，就是一座山，体内繁花已盛
这通用的美感惊动古今。从山泉里抠下泪滴
把自己养大，可惜我早已过了幻想的年纪
守住清幽，把虚空的身体一次次抱紧

止水微澜，文成被招安的温馨与笃定

◎苏要文

1

这一刻，我突然失语。借一缕风声。让种子拱壤
刘基故里分蘖的梦想，把乡愁豢养在日新月异的村道

山高水长。铜铃深处的一朵朵桃花，举着时尚的矜容
点醒梦中人。打开想象的翅翼，比拟。比如迎春
比如菊花，比如春华秋实，比如雍容华贵的修辞

盛况空前如约而至。姗姗来迟的是雨雪风霜
是烟波浩渺的东瓯史诗。畲乡风情，市井百态
红枫古道的尘埃落定，温州鼓词永嘉昆曲媚俗的
歌舞升平之境，古风遗韵，缀饰侨乡文化的复兴
时光鲜活。百丈漈携我一程，一样拥有青春的心愫

止水微澜。被招安的温馨与笃定，抑扬顿挫了
波光潋滟里的前尘旧梦，大气磅礴的幕帷
禁不住把风花雪月，植入文成新区第一缕熹微的晨光

2

文成新区，长驱直入。喧嚣有如群龙无首的气宇轩昂
犀利的眸晖，透彻，明亮，恍惚桀骜不驯的闪电
淬炼。飞云江两岸纷披的典雅正一点一滴蜕变

华丽转身。山峡春梦，开天辟地
五彩斑斓的，不仅是经济技术开发区的发展与先行
还有源远流长的峡谷景廊，或龙麒源典故与传说

千年古村，非遗文化，把老区的幸福抬高了渲染
新区建设则把世界的文成，文成的世界，运筹帷幄

高高在上铜铃山新区是高瞻远瞩的预言与见证。哪怕
误入歧途，走过烽火狼烟
走过台风眼洪水猛兽歇斯底里的疮痍
鹿城古邑紧紧地攥住自己的名字和威严，调养生息

养精蓄锐，蓄谋已久的爆发穿越世纪的精神隧道
用铜铃山开发一纸蓝图，扶起岌岌可危的江山和落日
用温暖疗治乡愁。老区或新区，抽离朝代的桎梏
遂成为一个亦步亦趋的新字符，彼此水火交融
前世修来的地标与唯美，沉淀为龙行天下的图腾

3

猴王谷，月老山的五言绝句，文成新区一一做了标记
复兴路，是火焰撬动石头匍匐的遗址闪亮的叶芽

刘基故里，或畲乡经济转型升级
把自身的重量一再叠加
镶嵌于一朵桃花的轻盈，镀上了芬芳与色彩
交错的山水田园，红枫般
把骨节一样的旌旗高高扬起一种欲望

我醉了。醉了的还有我的父老乡亲，还有风尘仆仆
我开始语无伦次。守着千年山歌，或侨韵，手足无措

那就把酒言欢。把百丈漈，飞云湖的波澜
蓄满些酒声，我心有千千结的缱绻安居，善行若风

借着崖壁护栏打盹，与桃花源的艳遇牵肠挂肚
在一阕古诗词的字眼里，读出青葱的乐章及伟岸

4

新区临摹的欢颜，行政科教，创意设计，文化传媒
高科技产业园，现代物流，在一汪桃花海里翻身而起
撷一缕隔世的月光，种下柳浪闻莺的诗意

荣辱兴衰，我循着穿针引线的蜜蜂或蝴蝶
用吴语方言，或畲族民歌的水袖舞姿，原路折返
返回亿万年前的沧海桑田，返回东瓯国的前世今生
返回铜铃山，红枫古道的爱情小令
返回龙麒源，月老山，万亩毛竹海的祈福轮回
落定于文成新区古铜的倒影，和漫不经心的风声耳语

黄金一样的水路，镌刻一个山乡的典雅与辉煌
疾风骤雨的铁蹄惊扰过飞云江水的雀鹭云集
绵如柳絮的云朵，已今非昔比
而我在文成桃源小镇，从桨声欸乃出走的惬意
在一个月圆之夜，我把万物峥嵘的老区新城
以红枫的方式安放在自己的命题里。逻辑与思维
辽阔而心照不宣的写意或抒情，摧枯拉朽
婉转千回，树立的光芒此起彼伏，醉里挑灯

过文成 (组诗)

◎孙启放

致刘基

杀人不过头点地
朱家的宫墙是朱红的。

"一统江山刘伯温"。
你与一统了的大明江山
又有多少关联？
宰相与皇权
宿将与军权
啊，那个铲子脸的朱和尚！

知五百年前后事
参透玄机的痛苦有谁知？
我来文成
正在你的衰老中迅速衰老
山水在眼前
远之又远。

我们终究隔了七百年。
你大概不知
我的衰老是不知所终的衰老；
你故居前繁枝折射的光影
加深了
这沉沉暮色中的神秘莫测

飞云江头观云

我来飞云江头。
白云回旋下江水一泻千里
气象万千的江头
她的远行
必然也是气象万千。

我大声喘息。
以肺部的烧灼感换来位置
有飞云缭绕脚下
更多的白云在天幕上颠沛；
可我知道这奇谲和瑰丽
已然包含不幸。

因一个人名字
我才不远千里来此江头
二十八年只一瞬
这世上，唯飞云江的白云
可称飞云吗？

执念，必有怨念相随啊
如何从困顿中遁出？
我们
向来都是自身的终结者。

眼前的白云必将崩溃；
那信念一样高耸的山峰
必将在乌云重压下
轰然倒塌。

铜铃山壶穴瀑布中的石头

一块石头
因为激流
因为
高处而下
准备远行的石头

一块石头
瀑布是动力
是攥紧的拳头
是青春
是顺势的一跳
是遥遥的梦

一块石头
是镐，是铲
是牙齿
它暴烈翻滚
它不甘
它自掘

追击的水
打磨的水
它光滑细腻
它游鱼般沉静
盘桓
壶穴中
日月渐长

铜铃山

◎逍遥叶子

1

春山有趣，湖水安然

花开的自在，草长的无所畏惧
石头都向着湖水的方向，
露珠有露珠的去处，

此处正好，掬水，扑面
不时有山风吹过

2

在铜铃山，需要几个来回，从山下到山顶
须是在雨里，在雾里，在一棵老树下
打盹，或是三五知己，小醉一次
也可以取溪水烹茶，以茶代酒，

话不用多，偶尔沉默半日
一拱手，大家随意散去
如飞鸟，隐入林中

3

窗外的月色，树影像卡在喉咙里的刺
风一吹，就疼痛得厉害
仿佛是一座山都在发颤，一条山溪都乱了阵脚
这些湖面的银光，让我怀揣一些，带走
带给上幼儿园的小女儿
带给远在故乡的父母
干净，纯洁，相对无言
风吹进不大的小旅馆的房间
日光灯，摇晃几下
像触及一两处暗伤，纵然是一山好景
也容不下我低矮的身影

4

山野里听野兽呼啸，
声音是沉淀多年的，
血液里，食人鱼和虎鲨
互为好友，
大片的原野和闪烁的星子
云层和雾霭，
左手边是瀑布，右边是壶穴
有一只朝奉的狮子
甘于安静地待着

5

我还醒着
月亮都睡了，草木也睡了，
山峰像飘在空中的花朵

好像有人在湖边梳洗，
白净的脚慢慢地伸入湖里
温柔的夜晚，我感觉到院子里的落寞
有一些美人鱼，游走湖面，时而
露出半张脸，一点也不可怕

6

在铜铃山，风往南吹
流水无声，鸟过无影
瀑布像血液，奔腾

在四月，一点不冷，
坐在山顶，夜色要来临，
唤一声，山谷刚好够大，
容声音几个来回。

7

百丈漈，飞入云端
云顶俯瞰，飞鸟隐遁
身后是海浪，一山的绿，交织着云层
对面的山峰似一位老者
安详地端坐在云边
风再大，也吹不动他

生长的城市

◎谭红林

立体的交通线
生长的丰富血管疏通起全球
滋润千年的古城依旧风韵
白皙的天空
红润的夜霓

铜铃山美的品牌
如一款甩动广告的洗发水
冲走街市灰黑凶暴的头皮屑
和心灵石渣
将文明的长发披散到
有些阴冷的远方

红枫古道的小巷依旧
在寻梦中笑眸
新的旧迹依旧
穿着编织的历史艳装

仰慕繁华的脸庞
总使游子自卑地捧出羞涩
当一只脚刚踏进你远眺的视线
旅人年青的心脏
将和你几千年的文字脉动一舞
书写小桥流水的精华
背诵分别时难的邃大意境

铜铃山，我爱你
如爱拾起千年一叹的温柔
如爱摘下明月二分的相思

刘基传

◎王爱民

门里种花，西山采菊
把门外一条瀑布养大
携带笔墨纸张和满腹经纶
一路辅佐一座山统一天下
阳光的神机妙算，力透纸背

鸟声滚落山坡
在一册奏折上缝补破旧的山河
河水欲回岸，嘴唇湿润，吻遍人间
湖里洗马
定住马背上的西风，西风里的古道
读山水是灵魂必修课

靠传世的月光包浆
延榫卯结构的命理行走
月亮并非闲章，月亮是一封远古来信
读成院子里的磨盘
草籽返青跳成还乡人的心

爱山水的人有福，美像个传说
山是一道道浓眉大眼
把夕阳当热泪含住
又随流水奔涌，风自由穿行
炊烟袅袅，慢慢升起照我还的明月
山是一块碑，荡起渺远的回声
天空是更大的留白

满山草木怀济世之心

大地得到宽宥。铜铃山是通灵宝玉
上面嵌着九天银河
和大山关不住的红杏
来看花的人都成了蝴蝶和蜜蜂
山生云，像巨大莲花打坐
白云入怀，十万朵野花眼含露水
枫叶为前世的约定一红再红

飞云湖肉身包裹珍珠的暗语
满湖星星点灯
溪水念经，虫声洗面
驱散伤痛和阴影
泉水洗亮眼睛，心清凉
听松声如听禅声
竹空心，枯木长出倾听的木耳
一粒红尘转世重生
满山草木怀济世之心

登铜铃山

◎王昌东

云团在前面引路
我选择落后她们三步

我心宽处
听天外飞瀑

我心窄处
持济世悬壶

我心醉处
孝竹滩前忧母

登高，我敏捷似猴
清高，吾身老如树

月老面前，须顿首
手指鳄鱼，不退守

泉水清澈，林寂如涛
干净的人，从水中走出
一个春天发芽的人，从信仰走出
正面向着一座山峰，鞠躬 180 度

印象文成（组诗）

◎王　超

印象，百丈漈瀑布

看到这些生动的水，真实的水
生命的水，灵魂中的水，似从天上来
让我想起李白浪漫的诗行
时光穿进飞瀑的身体，银河倾倒了所有的碎屑
在完整的审视里，三段美好的断章
写下……

一漈百丈高
越过阳光的温度，疑是银河的坠落
全部的时光停留在这些仰望的惊叹里
假如一艘船飞渡茫茫江汉，那一定是
天工与人创造的最美流水线，上接蓝天白云
它们尽可能高地悬挂在难以企及的仰望里
高处不胜寒，坠入凡间，让陡峭的心
雄伟，冷峻，不可暇接……

二漈百丈深
风吹过飞瀑的脸庞，烟雨蒙蒙，素练悬空
在群山环绕的胸中，荡漾一块飞白
万马齐喑，撕扯彩虹的桥，茫茫坚固的画壁
上下二折，中有岩廊，如一条美丽的裙裾
分外妖娆，廊中安稳的观瞻，飘飘洒洒
绮丽清奇，人如神仙，水如烟……

三漈百丈宽
俯视一簇响亮的生动，马踏飞雪
误入怪石嶙峋，群山拔地而起，绿潭深入水穴
奔腾不息的水啊，终于把所有的重量都放下
粉身碎骨化为洁白的泡沫，注入参差不齐的几亩石滩
灌木密布，松林听泉，幽幽蔚然
鸟语花香早就淹没了小桥流水……

赤壁擎天，彩虹悬挂，奇岩对峙，造化
给一抔水，千难万险，飞瀑泻玉，终成丘壑
百丈漈飞瀑，终化为人间一枚清凉的风物镜……

印象，飞云湖

一片湖以云的名字命名，
飞云湖的云很低，低得只略过一片湖水
此刻，全部的柔情，只为了诉说这些纯净
清凉的风物……

山风吹走了一片矜持的云，把美丽的忧愁
洒向人间，龙女出水，与情郎窃窃私会
留下纯洁的水，洗濯千年的沧桑

岸上的花儿灼灼正红，青峰倒影在湖心
一行白鹭飞上湖面，留下旖旎的投影，
青青复青青，湖水清凉了千年，每到
阳光曝晒的时候，云与水都温暖了彼此

要用多少水，才能填满飞云湖的美
烟波浩渺，船舷漂浮，几颗小岛，可是
女娲掉下的眼泪，斗转星移，云虹相惜
白鹭累了，跑了，飞了……总之，
离不开湖的视线……

飞云湖看得见人间的熙攘，陌生人只爱她的美丽
微风吹皱了她的涟漪，湖依然不语
一条大鱼最懂云水湖的蜜意，因了
湖是鱼的天堂，鱼是湖的孩子
他们彼此相爱相生……

印象，红枫古道

太阳继续温暖的时候，风却带来了秋
枫叶红了，扑棱如火
古道如此古老，它的心思充满智慧
要用鲜火洗却寂寥的清秋

大会岭，龙川岭，松龙岭，岩庵岭……
几乎乡乡都有红枫古道，几乎这里的人都爱枫叶
丹枫似火，片片浓郁的心结
红枫与古道相映，霜叶随秋风翻飞成
缠绵悱恻的故事……

曾经的风花雪月，都停留在这些曼妙的枝头
时光带走了青春，却葳蕤一树的丰美
沧桑的秋天里的树与古道，情人仍在窃窃私语
阳光仍在浓荫里闪烁着，风吹过来
有几片叶子簌簌落下……

古道隐藏着多少光阴的故事
非得用红色的梦，掩埋一种深情
古老的村庄在喘息，云朵飘走了
枫叶翻动如书
像无人问津的诗行里的词语
依旧古朴，却华丽；苍茫，却丰富
清醒，却朦胧着……

与刘伯温书

◎王朝霞

1

马蹄疲惫。暮色轻叩向晚的街道
我披星戴月迢迢而来，只是为了找寻
明洪武三年的那个春天。寻南国深处
那条有你旅居的青衣小巷

一匹名曰小悟的瘦马，陪我自南而北。
饮尽一路的薄霜、冷雨。我的衣襟上
沾满了沿途浩荡的相思

2

多久了？行囊里那一摞书信
草书，小楷，魏碑，小篆，甚至有我
大醉之后的狂草
都已陈旧如我 16 岁那年写过的
豆蔻一样的月光。白纸黑字的小笺
每封开头都写：伯温兄好！
每次结尾只留一字：安

你天资聪颖，"读书能七行俱下"。恰好，
替我掩饰了混沌初开的羞怯
省略了我一切的表白

3

听闻你仕途坎坷，几番辞职沉浮不定
我醉酒的次数越来越多，被酒浇出的愁绪也越来越稠
陪你归隐的念头，像青草一样疯长
并蚕食我内心所有的端庄和矜持

我变卖诗稿，兑换足够的勇气和银两
偷来一个春天的早晨，启程
策马扬鞭，向南向你

4

"八山一水一分田"
说的就是你身后的浙南——
以你这个元末进士的谥号得名的
侨乡。如今，进京赶考的路
比起600多年前，要平坦笔直多了
如今，也不会再有那些冷不防的箭
射向你的仗义执言了

文成的版图，其实就是你的手掌心
温热、包容，辽阔如浙南大地
你用掌心的纹路，绘成大美山水

5

最后一封红字小笺
我写了途中寄居过的客栈。写了蓝布门帘外
晚明的那场大雨。写了文成深秋
火焰一样升腾的枫林古道。写了600多年前

一个英雄引咎自责时的惶恐不安

最后，写了一片枫叶
扑向大地时无所畏惧的样子

6

孤单时，你就携一壶前朝的月光去百丈漈
听雨。醉了，就拥衾而眠吧
忘掉酒壶里未尽的恩怨

此刻，晨曦未露
月光还被晾在马背上。我要继续南行
继续在你的掌心里，走完文成
所有的版图

文成走笔 （组诗）

◎王二冬

文成者说

此生不隐，必将醉于天下。
今夜秋月明朗，适宜煮雨为酒
不可过量，一大口最好
风和中原的战争可以暂停到卯时
黎民需要睡眠，草木需要生长
过目不忘的人也就可以在流水的速度中
遮掩此刻七百公里的惊慌

泼墨《梁甫吟》时，一定要小声
胸中的星星还在醒着，容易烧成大火
一和三哪个更大，前和后哪个更远
我不知道，只是
史册的鬓角处总有后人看不到的光芒

不说了，剩下的我替你写吧——
反正超过五百年了，你也不会认识我
等到第五十七滴墨，第六十四行
应天府的宫殿会起风，南田乡的草木
会书写起另一章《郁离子》

甩到这首诗中的那一撇
就在此时此地长成一棵草吧
等我赶到文成，在溪边喊出你的名字
请以老朋友的方式跟我打声招呼

百丈漈三弄

没想过回头，每一次跳跃都是绝响
——在头漈，背手吟唱的北方说书人以此开篇
艳阳高照时，神的坐骑会冲出雪城
千仞绝壁处不曾有毁召的痕迹
灌木丛高举着风帆，似听众，不鼓掌也不离席

我端坐于廊中，假装酒馆小二
这些天我总看到龙的女儿在日出时端坐于水面
一条锦鲤在龙潭游荡。在二漈
我偶尔打几下喷嚏，给自己再斟一杯
仿佛眼前不是自己熟悉的人间

再往前，林海茫茫，恰如这人世
牧童虽凡，但爱情不凡
流水虽凡，但百丈漈不凡
三漈过后，可生百瀑：曲、羞、凹、龙
纵是百折，也不回头

我们都将融汇于大海，若在途中
有幸被年轻的母亲盛入碗中
那孩童也必将不凡

铜铃山记

我以巨崖为铃，此刻群山回唱
从飞云湖到小瑶池，我一直扯着嗓子喊
不过瘾，就拽出声带和胸腔

阔叶林纪律森严，装备完善
野猪、五步蛇早已不是敌人

我还心存戒备，在猫头鹰飞过
头顶时，握紧了生锈的刀

呵，这多么可笑——
这里不是北方，我大口大口地
吐着苍翠，铜铃峡缠在腰间
银河倒泻时，我站成南北分界线

蝴蝶出场，红的黄的，多么美丽
单飞的一只，无非姓梁或是姓祝
我屏住呼吸，在蝴蝶翅膀下震颤的
铜铃山，定有一池碧绿的心事

此刻，群山缄默。唯有瀑布高悬
从泉城到文成，我倾倒出最后的泉水
走到这里，就看到了自己前世的影子

铜岭山情思（组诗）

◎王海清

壶穴瀑布

铜铃山，是瀑布的大展厅
它们集中在这里，是宣布着某种神谕和喧哗声，去泯灭尘世
　　间生死轮回
尘世，敬畏着给你命名
你永远也无所谓这些称谓，永恒的姿态
尽管倾吐出琼浆玉液，挥动着风情的手笔
把铜铃山氤氲得遍地慈祥

独一无二的壶穴瀑布，这是大地的造化
铜铃山峡，那条高而低的峡谷
一个个如巨大石盆般的水潭
钢条焊接而成的栈道
缩短了行程，那"酒坛"
那"浅井"，那蛊惑人心的碧玉
那幽秘处传来的声响，在清洗内心

试想，没有壶穴瀑布的日子是多么无聊和痛苦
试想，丢掉了壶穴瀑布旁的竹海又该是怎样的惆怅
铜铃山壶穴瀑布，让我抚摸到奔腾冲泻的水
逶迤百余公里，远眺群山层峦叠嶂
近观谷底江水奔流，绿竹的葱翠
又该怎样的温馨，这么怡情的谷涧
我们该怎样把她记在心里，才不愧对
上苍及造物主

昭烈亭

每一天，都会有许多人来到这里
把杂草除掉，摆好祭品和鲜花
倒上杯茶水和酒，不忘放上一支烟
对了，还有一双完好的鞋，衣和帽

据说，躺在里面的人
不曾吃饱过一顿饭，就走了
他们是流尽铜铃山喂养的血液走的
走的都那么安详，他们说
这辈子，死在这里值了
能睡在王母娘娘的浴池旁，更值

请记住，1936 年冬的一天清晨
刘英、粟裕部队（中国工农红军挺进师）第二纵队
百余人途经胜坑割草坳
遭国民党一营兵力包围伏击
红军奋起反击，给装备精良数倍之敌以重创
战斗中，红军战士十余人壮烈牺牲
为纪念红军英烈，1997 年
在此建起昭烈亭

是的，铜铃山在为你们肝肠寸断
你们的誓言不会被风忘记
你们的流血的伤口，不会被沉默代替
亲人们，你有没有注意到
那些从远方赶来的脚步，正转身走向
共和国崭新的铸梦之路

飞云湖

飞云湖，确切地说
应该是神仙寄存在人间的一只天眼
闪烁着的，都是神韵
阳光，是最接近神的旨意
让人间惊诧于它的神韵
尤其是铜铃山的森林，一致地茂盛
只有这样，才能按住大地的浮躁

铜铃山峡，蛊惑着那一抹惊艳
小瑶池，解密着天堂的秘密
只有铜铃寨，才本本分分地诠释着人间烟火
山峦，封锁住你的想象
峡谷，认真地颠覆了人间意境
溪瀑潺潺、修竹茂林、花草野物
进入了修饰，不知是飞云湖的赦免
还是为了飞云湖而陪伴，永愿
生生世世而进入轮回

我是前世的约定吧，注定
这余下的半生，在你的光照里驻足沉睡
沐浴阳光，在清波里泛舟
碧湖里捞鱼，还有茂盛的水草
水鸟在嬉戏，湖边唱山歌
都是这美丽的画卷里

这里的森林，竟然是飞云湖的激情
梳理出清新的空气，我于红尘之内
仍在沐浴，不单单是在故事和传说里
还有野性的森林浴，还有
探险猎奇和休闲避暑

红枫古道散曲 （组诗）

◎王全安

坐在枫叶上读书

坐在枫叶上
拿一本诗集或者先哲的经典
轻轻翻阅
每一页都有芬芳的思想
读着，读着
腋下就长出了蝴蝶的翅膀

累了，看看那些红叶
每片都有相似的纹理
像古书里竖排的象形字
文雅而神秘

走出红枫古道
我就成了一个慢人
慢慢地走
身后跟着一位智者
人世间的花花绿绿
再没有什么能诱惑我

枫叶

你在高处
涂满秋阳的铜

火焰般激情
引来多少仰望的眼睛

下面人潮汹涌
你慢慢疲倦
褪尽铅华
寂寥在月光下呻吟

等初阳来照
再次迎风招展你的红

生命不可逆转
爱情也是
像美人的明眸，熄灭了
再也回不到从前

可是谁相信箴言
等飘零时才恍然大悟
这一生朝来暮去
原来只是做着别人的梦

一树红叶

一树红叶开在古道边
向每一个路人微笑
即便那些闪电人
也会放慢脚步

走过她身边
我的心也会开花
跟她学习微笑
唤她红，陪她站一会

忽然，我为她担忧

人心污浊
她那么美，那么善良
被欺辱了怎么办？

红叶题诗

想你的时候
枫叶就红了

枫叶飘零
我双手托住她
如同托着你美丽的衣裙

我轻轻地把她放入溪水里
如果，你在溪边
看到一枚心形的枫叶
请你把她打捞
仔细看
枫叶上有我为你题写的小诗

文成：一个镶嵌在翡翠中的域名

◎王晓德

百丈漈·飞云湖

六里香谷，雾霭没树，白云吻山
飘飘花香染霞，毓秀的山川轻轻地落于
画卷之上，鲜活的早晨，被一颗朝露的小嘴
紧紧含住

此时，满眼的苍翠，在鲜灵灵的阳光中
被反复洗濯，欲望与纷扰如晨星归隐。镶嵌在
鸟鸣中的天空，逸出了前世
沁人心脾的蓝

悬崖上的水，陡转而下
如一条飘逸的白练，叠搭在三根崖壁的竹竿上
涛声里，烟岚千重，往事如烟

不管你一身尘埃，还是双肩淡月
在文成铺开的宣纸上，已化作了，江南的
三月烟雨，摆渡春风

铜铃山森林公园

在峡谷，流水拍出的掌声，被纳入深涧的
衣袖，清澈的鸟鸣被纳入清风，羞涩的时光
被纳入烟岚，山是黛青色的

俗尘浮世是黛青色的

小瑶池的铜镜已辨不清王母的真颜
记忆如泉水暗涌。落花是季节的眼泪，流水是
时光的浅唱，甜美和忧伤都汇入了沧桑，晃眼的碎金
是文成人饲养的，千年的灯火

"壶穴之声"是历史碎片。每一片历史
都能敲出钟磬之声，就像每一截流水，都能敲出
花香；每一个胸脯，都能敲出，文成人的
豪言壮志

百里竹海

竹海是一座巨大的寺庙，欲滴的苍翠
是闪耀的佛光。鸟翅拍乱的烟岚，是寺院缠绕的
香雾。远处，虚拟、朦胧、苍茫
更远处，是半醒半睡的梦境

风吹霞光。竹叶的酥手相互疼爱的抚摸
在血管深处，发出，一浪浪流水的喧响。鸟鸣
如佛珠撒落，梦的眼泪在花瓣儿上滚动
一根细细的溪流，竟拴住了小虫千年的鸣叫

背靠尘世，我的心，像春天一样敞开
身体里溢出的香气，是生命打开的经卷。我在一朵花的
禅意里，呼吸到了，这个世界的
宁静

刘基墓

魂归故里，得其所哉。
死亡是一个人，脱去了人的形骸，把灵魂雕刻为

一块墓碑。

碑文叙说着大明，一段开国的历史
站在土茔前，我听到，身上汩汩流淌的时间
呼啸成长河的涛声，一个卓越的人，声名显赫
简朴地生和轻轻地死，都在为俗世避祸

树杈上的鸟巢，是一个黑色的坟墓
阳光下，一个灰色的亡灵，鸣叫着，在它的前世今生里
自由地出入。在文成，刘伯温，至今没有
走出时间

红枫古道

远眺古道，被鲜灵灵的阳光点燃的
一堆连一堆的千年篝火，是枫叶从秋风的炉膛中
捧出的火焰。那些猎猎燃烧的火，是叶子蓄在
生命深处的云雾、落霞，和如雪的寒霜

风吹红叶，一片火焰与另一片火焰撞击出
火海的波澜。黄腹角雉，如一块落水的石头
在树丛中激起几层沧桑中迸发的浪漫。白颈长尾雉
在天空阔大的蓝调中融入了时光的苍茫

一片叶子怀揣的红，像是早晨，从云霓中
婴孩一样拱出的旭日；又像是，一朵桃花，从自己的
香魂中析出的，万千红颜；更像是，一个人
从风雨如晦的苦难中掘出的
英雄梦想

在文成的一枚叶片上安放余生 （外2首）

◎王 选

风吹铜铃山　一夜叮当
流水写经
青木静坐

怀抱石壶的人
把一串鸟鸣
拨成念珠

一千公顷的绿
怀揣小瑶池
照见了文成　半个侧影

连香　天竺桂　花楸　鹅掌楸
当我念过这些名
当我在一朵银钟花里
叩敲门环

那悬壶勾画山水的人
定会裁三尺林海　赠我
而我　只在文成的一枚叶子上安放余生
那对小儿女　开在桃溪畔
风吹　叮叮当当

在百丈　听见心跳

青雁扫云
暮雨收心

山石抱月
飞瀑抒怀

百丈漈
把三千尺爱恨铺开
把三千尺红尘　悬成流水

高山有知音
青涧藏白鹿
藏不住心跳和一壶茶里起伏的长啸

在百丈漈
流水打湿落日
流水伸开羽毛　飞成鲲鹏

流水
是我指间的一粒蜜
抑或是　一位久别重逢的人

旧故里　与兄书

一滴月光　漏进明朝的轩窗
一匹红叶　在江南的烟尘里奔波
一只脚印　能载着这十月
驶过故里的旧山河吗
深秋了
心丰繁密

风吹起　总有一些落下来
落下来　苍耳坠露　紫蓼身瘦

写诗的兄弟
独守文成　独守一盏酒里起伏的浪涛声
醉了新愁如瀑旧梦如纸
纸上落满了残句和白霜似蚁

秋深了
马匹辽远　青草埋岭
古道七十条　条条都是热肠
都是执手相望时的清泪痕

写诗的人
把指纹刻进水　把爱恨研成墨
把三千古枫当兄弟　借山为椅　举月对欢
那千万枚悲喜　落满一地

文成速写（组诗）

◎王学斌

在文成钻牛山，倾听

一声又一声，石头也会叹息
巨峰深不可测。
流水跌落的地方，就是留恋之处

是把岩壁看成直立的深潭，
还是试图活在另外的一面？
一头进入石头内部的牛
也有难以猜测的心思

溪水有无数舌头，窃窃私语
过多的选择，容易进退两难
其实是生活设立的一个坎

一头挣扎的牛，或死于隐忍
或不甘于活着的悲怆
几声"哞哞"，在石壁内部
轰然回响

龙潭

一个邪恶之处，隐藏着荣耀
一个无限的深渊，深邃而广博。

几棵古树，讲述的事件几乎不为人知
一片陌生领域。古藤盘曲
指向一个不可能的方向。

世间美好的事物，摇晃于现实与倒影之间：
譬如小桥，譬如野菊
譬如燃烧着的红枫和水杉，以及
涂抹季节色彩的山峦

唯有一个沉静的瞬间，容纳一切
包括这个秋天、青山和被倒映得
更蓝的天空

九月，在刘基故居

九月，荷叶斑驳，把季节残缺的部分
抖搂出来。其实
风是温煦的，抚慰着山谷和平原

一个石臼，让时光下沉
房舍简朴，身影更加明晰
"饮酒，弈棋，口不言功"
胸中的云壑，都藏于深山

风纯粹，显得轻盈
言语是比石头更牢固的碑石
庙堂之高与江湖之远
存在着分界线

当白云在山谷缓缓流淌
山外血腥的呐喊，让灵魂
隐隐悸动

一卷文成的山水 (组诗)

◎南通萧萧

铜铃山，一册自然的书卷

我脱离了人类——
先是一棵鹅掌楸，沐浴清风
看云雾苍茫，而后一转身
又变成一只鸟儿
痴恋于瑶池的碧幽
闻嗅自然养育的灵蕴

天地大美层层包围
——耳朵，装着纯澈的天籁
眼眸荡漾着苍翠的涟漪
整个人，像冲刷得
越来越光亮的潭石
怀着温润、谦卑的内心

哦，万物交出自由的泽光
在铜铃山，一册书卷
摊开朴素、混浊的真理
各安所安的生灵们
听从召唤，把各自秘藏的器皿
擦拭得光洁，闪亮

天顶湖的潋滟

必须噤声，不然
会把叠翠的群山吵醒
也不敢把俗世的身影，投在
天顶湖的波心，怕幽蓝、澄净的镜面
照出惶恐不安的羞愧

碎金闪烁，一只柔软的手
伸入我体内，驱散黑暗
一缕神明的光，洞彻了温暖的灵魂

蓊郁的岛，清湛的蓝天
微凉、舒沁的风，仿佛正按上苍的旨意
与秩序，将一种神圣、庄严的美
仪式般盛大揭幕

天地净阔，一根细小的大自然的针尖
轻轻刺破耀眼的珍珠
我惊颤，面对这潋滟无尽的秀色
不敢挪动沉重的敬慕

获得恩泽与教诲
——天顶湖畔，世界关闭一切杂芜
只余静美，宽慈，清宁
而我以虔诚之念，在一滴圣洁的水中
慢慢浸润，洗礼和体悟

百丈飞瀑，一把高古的琴

一把高古的琴，在绝壁处
弹奏旷美的天籁

一根天地之弦，时而细长时而宽厚
以铮铮宏音
将百丈漈深阔、幽奇的神韵
——拨响

自然的美德，在飞珠溅玉中
洒落人间。而一波三折的旋律
勾勒出百丈漈仙绝的雅质

生为天下第一瀑
除了优美的身形，壮丽的雄心
更有让世人钦佩的高拔和勇毅

一点点干净、轻盈——
在百丈飞瀑前，一个人的渺小
如同溅落的水珠。一个心灵湿透
不把赞颂说出口的人，是源于
对这天地美物的敬仰与臣服

松龙岭，一种红擦亮人间

踏上圆石小径，一树树枫叶
以铺天盖地，盛装的红
轰然点亮麻木的心

陷入磅礴的红色海洋——
身心任由它们挟持，带来汹涌的风暴
这是秋天美艳的红酥手
是天地滴洒的彤红的泪

还没有撤退的柔暖
擦亮尚存美好的尘世
萧瑟在逃遁，松龙岭如巨大的火炬

持久照耀苍茫大地

红枫在风中轻曳
像一簇簇炽烈的情思
把山川，把文成，把悲欢俱在的人间
逐一抱在怀里

泼墨铜铃山

◎冰 岛

爱一幅好山好水就像爱一个人一样
生如夏花！爱如流水
你好，铜铃山。你好，石缝
和石缝里的小脑瓜、小鼻子、小脚丫
十月是银子做的。
那满天飞跃的百丈飞瀑
从天而降
就是银子研磨的梨花
十月，一只鸟，落在悬崖的一只铜铃上
铜铃山这幅山水，便和你
形影不离白头偕老

十月，在铜铃山，把月光
捆成一支巨笔
然后泼墨，埋下爱情和梦想
让飞云湖锦上添花
用一只鸟交换心的鸟语
用一块石头研磨成万顷林涛

十月，泼墨铜铃山
用一张蓝纸与飞云湖比谁更蓝
用如花的生命装裱文成
在爱你的心魂里，把所有的灰尘、病菌
挡在纯天然酿造的铜铃之外

爱一个人，就是爱一幅好山水！

文成，灵魂山水的摇篮（组诗）

◎王志彦

百丈飞瀑

神流三千尺。我爱这奋不顾身的山河
和毫不抽象的美学。爱一道湿润的光
涌入文成涓涓不息的澄澈

什么才是瞠目结舌的流逝
什么才是石破天惊的诞生

这济世的水，就是美的暴力
这升华的艺术，就是灵魂的再生

唯有这飞瀑兼具诞生和流逝
在百丈漈，一颗失败之心
用怎样的虔诚来匹配这盛大的祭祀

红枫古道

红枫古道，光阴无尽
把爱情的密码搬迁至大会岭来破译
4500 级踏步，只是平衡一个名词骨髓里
堆砌的乱世。古枫树怀抱爱人的住址
和眷恋，让永远无法返乡的旧人
在肥美的枫叶中，饮酒，怀念
把具体的爱慢慢虚化

想要给时间一种颜色
不是不可能的，那一片又一片摇曳的红枫
多像思念被牵挂搅动

"爱，就是结伴逃生
并顺手把不甘心的日子拉出火坑"

月老山

当爱情圣旨般孤独，群峰把一些事物
内心的光线拉直，再赋予月光一样的
音符，世界便有了雕塑和牵念
隐匿中的缘分和邂逅，不是流星
也不是带有声调的祝愿。一座山峰
与光同尘，爱与被爱，在恒定的秩序中
没有胜利可言。你看，暮色中绝望的
背影，内心同样流淌着飞云湖的纯洁
在这个爱中藏针的时代，月老山仍然
为红粉乱世代言，而香槟涌上杯沿
与孤单相互照应，也与月光互道珍重
一个爱情幽深的季节，有了孤峰的状态
就有了一个刻骨铭心的不了心愿

飞云湖

在铜铃山的风韵中，六万亩的光芒
是突兀的，她内心的圣歌超越了水的流向
给一座古城带来如此惊鸿一瞥

这是文成，每一寸土地
都清旷绝尘，都不会排列出新的秩序
在时代的合唱中，依旧是最清冽的那一声

而每一滴飞云湖水，都存向善之美
她生生不息，接近了人间。月光千顷
是飞云湖水悲悯尘世的另一种样子

文成三唱

◎吴常青

1

去安福寺，一去就皈依文成
一个人内心新认的故乡

安福寺，你在，静静在
香火，添油，抽签，许愿
灰烬袒露俗世里的美好祈福

只要你踏出山门
隐身的老和尚就伸出宽大的手掌
抚摸你的头，温暖，醍醐灌顶

安福寺是文成人离家之后
必经、必停之处，出家人必来

2

铜铃山，远看是云雾中的一壶野茶
泡茶聊天的人，在鸟鸣的积洼处
在清凉的大石块之上

清高的人心生好多惭愧
看见菩提，看见花楸木、鹅掌楸、连香树
看见高高在上的树叶落下，谦卑，不语

唯有明月与清泉大声对话
它们说：风来，云来，你要伸出舌头
呷一口这壶好茶，哼一段小曲

3

飞云江，被春风荡漾起来
整个蓝色天空在大地轻轻流淌

文成县，被飞云江冲洗多年
温润之玉，以柔克刚，日益通透光泽

穿越红枫古道，来到月老山
种下满地的南国红豆，一定有你

只有百丈漈敢于在主席台宣布
爱上文成公主，大喜，一定要喝醉

爱上飞云江（组诗）

◎殷　红

爱上飞云江

爱上飞云江，就是爱上
纯白的棉花，爱上
不受约束的蓝

爱上一个穿蓝布花衣的少女
眼睛沉淀的幸福和安详
爱上一颗星星
在黑夜里点燃的灯盏

爱上唱高皇歌的汉子
略带咸味的胸膛
爱上一棵竹
吹奏出的遍地月光

爱上飞云江，就是爱上
烟花里的江南，爱上
一颗青梅饱胀阳光的甜和酸

百丈漈观瀑

瀑亦有娇羞之心，她让浪花
飞溅开来，让阳光浮在空中
她让内心的力量和隐忍

恰到好处地藏进虚无

她善于牵引目光
从万仞绝壁到一潭宁静
让你一再压住奔突的内心
把自己藏进时光
把来路藏进深林

细数那些花草，雀鸟
多数不曾相识，但你可以亲近
坐在石头上，树木的阴影
只需十分钟，便化解了
你一生的大悲与大喜

铜铃山

再过去就是壶穴
你必须选择一块石头，压住你的心
防止一声惊呼时，跳出你的喉咙
多少人，回去后
只做一个梦：成为悬崖上的花，枝叶上的露

人世多迷途。铜铃山
多的是仙踪
粗枝大叶的人都会看见
在别处用旧了的骨头
在这里长出了新枝

这些树木，岩石，经历了很多
但它们从不倾诉什么
身体的缺口用青苔封住
它们只展示：与众不同的光
展示生命的深度和高度

文成写意（组诗）

◎冷　吟

百丈漈

我生来就没有骨头的。只是因为你
我才让山崖把自己扶了起来。你说
我现在的样子像不像一幅立体的水彩画？

你根本来不及回答。遥远的爱人呵
为了一个千年的约定。你眼睁睁看着我用脆弱的身体
制造了一次无法撤销的飞翔

一顾倾城再顾倾国三顾倾心。你走后
我依然是我。你走后。我已不再是我

小瑶池

你是瑶池的妹妹？还是她的小女儿？
抑或仅仅是她蓦然回首时
不经意滑落凡间的一个眼神？

你只是笑。你的笑容多像水边那丛杜鹃花随心所欲地
香着。而你的唇齿之间
分明有一缕叹息如烟飘出。哦小瑶池

既然回不了天庭那就安心做一面镜子吧
不照仙界冬寒春暖。只阅人间情深意长

月亮岛

我说月亮岛是会唱歌的你信不信。在这里
咿咿呀呀的水碓房流淌着古老的历史
叮叮淙淙的绣眼鸟传播着现代的文明

我说月亮岛是会跳舞的你信不信。在这里
每一块石头都长着畲族小伙的臂膀
每一棵红枫都扭着畲族姑娘的腰肢

我说月亮岛是月神抛下的一小截桂枝。有月亮的晚上
随手一摸就能嗅到月宫的暗香。你信不信

农家乐

快乐就像串串野葡萄：摇摇晃晃
挂在你的头顶。你一伸手就能把它摘下
一张口就能把它圆圆的身体

咬成一段甜甜的回忆。泉香而酒洌
云淡而风清。那两只翩翩的蝴蝶不是庄周也不是梁祝
是踏香而来的花仙呵。听——

"……远方客人难得来，今日敬酒食三杯"
畲家小妹的歌喉。多像一棵水灵灵的荠菜

铜铃山，月色弯腰 (组诗)

◎徐　庶

在飞云湖观荷

消费一湖荷花，我突然明白
只有浪费才是正事

想把湖水提拔到天上去
看看荷的痴心
睡着的时间是安稳的

我在碎石垒成的池边散步
一只麻雀在荷花捂住的水面散步
碎石是时间浇铸的，越用越少
荷花是钉在空间的一枚枚图钉，模样仿佛虚构

我和麻雀，像隔世的两个故人
彼此方向平行，牵挂，却经不起一点惊吓
麻雀废掉翅膀，天空，和飞翔
而幻想飞翔的我们，一旦拔掉一只脚又如何

我们这样走成一幅荷花水墨画
有风闯进来，仿佛谁都很必要又仿佛谁都是
多余的那一朵

雨出水

让雨挤出水
会哗哗地疼
就像从时间里挤出黄金
从流沙中挤出尖叫
从文成的思念中挤出爱的一小滴

其实雨庇护雨，比雨庇护水更难
从铺天盖地的水中
把一滴雨拔出来
仿佛在轮转的经幡中
拔出一页空

有时雨庇护人，更叫人看不清
到底一头雾水是雨
还是水

月色弯腰

芝麻节节高时，再锋利的镰刀
都被它收割一空
再皎洁的月色
也得为之弯腰，低头

这是暮秋，月老山的芝麻被季节掳走
剩下一株赢了与一把镰刀的
抓扯官司
却晚节不保

在一排被整齐割头的芝麻地里
当名叫芝麻的颗粒都走了的时候

一株长势俊俏的芝麻
看上去已不是芝麻

有关百丈漈（外2首）

◎徐　晓

最先爱上的，是你的名字
然后再是，那从天而降的百米白绫
为了遇见你，我穿深山过密林——
这如梦如幻的仙境，这上天的福泽
令我热泪盈眶
夕阳将一只飞鸟从远方送来
它盘旋在瀑布的上空
忽而又遁入碧绿的山峦
我仿佛置身于这巨幅的泼墨山水画中
风从四面八方吹过来，我与风
融为一体，自由穿梭在这百丈漈
每一滴水都是我的血液
每一块岩石都是我的骨头
每一株植物都是我的经络
最后，我成了百丈漈里的一片水花
奔腾着、飞舞着、破碎着
在跌落的瞬间归于平静

游龙麒源

那峡谷的风不是随便吹过来的
那溪涧的杂草也不是无意长出来的
——一切皆是命运暗中编织的谜语
在铁索桥上，一个人从一侧走向另一侧
就像从人生的此岸去往未知的彼岸

又有谁能预测哪边的风景最美？
溪水碧波涟涟，人的倒影
覆盖了游鱼和卵石，尘世的凡人
欢歌笑语，他们把烦恼、焦躁、寂寞
投放到这青山绿水中，把鸟语、花香
水声、清风、碧波装满心田，带回家中

隐于铜铃山

是翡翠，还是宝石？
是姑娘的眼泪还是梦中的美酒？
漫步栈道间，蓝天若飘带
而这大大小小的绿潭，使我的眼睛
再也看不见其他颜色
美是短暂的，而历史永恒——
我多想让时间停驻在此刻
或此生隐于这处峡谷
看流水从山顶流到深潭
看树叶从葱翠变为枯黄
看旭日东升，夕阳西沉
与铜铃山上的生灵共沐清风与露水
在夜晚，拨开头顶的枝杈
与明月举杯对饮，醉梦中回到几千年前
做一个真正逍遥自在的隐士

读铜铃山记（外2首）

◎莲　叶

鸟雀的鸣叫升起来
……回声中，与一座山对峙

我想把它的苍翠
埋进我的身体

我只想在这里
失去我。归还我

——我紧紧抱着我

夕光里，我静立于铜铃山上
黑发飘飞

哦，一棵树长长的影子安静地
覆盖着我……

鸟声中的猴王谷

鸟雀在叫
我喜欢的鸟儿不知在哪
我喜欢的那几户人家
都有好样子
他们打开自己的家门
身影消失

我喜欢这儿
我紧紧靠着一些鸟鸣坐下
鸟声中，一些静
是黑色枝条上的许多树叶儿
在我的面前
——轻轻起舞

在夜晚的月老山

风停了。风在月老山的木叶间
被风吹走

你站着。我也站着
我们安静地说话
说："回吧，天不早了。"

我们说再见，越来越小

我们变成小星星
神一样，坦诚相待

哦，月老山顶着月光
又从很远的地方带来了风

而我，怀抱一朵云
"月亮在白云般的云朵里穿行"

文成记 （组诗）

◎这　样

记铜铃山

睡在灵崖，我信仰每座山
住着摇铃的神仙，我相信黑脚信天翁
在等待一次做人的机会，我相信
济世的草药长在卧狮岩，泉水会
流落到龙潭，像一位头缠冠带的先生
返回时，轻轻的马蹄声
他也许是早晨遇到的扫地和尚
也许是我折返的前身，长出新人的模样
我们，在恩怨分明的垭口上相逢
所有的仇恨都平息了
仿佛获释的囚徒，集体等待
警铃摇响的声音，霞光映照的一刻
我们爬上山头，像死去的人
得到召唤，趴地草一样醒来
从群山脱下的，宏大的景色中醒来

记百丈飞瀑

感谢寄身九月的羊角械
感谢山顶流下的瀑布中，奔命的
一百头豹子，这一天
比一天更急的消亡，秋风一样
从山顶垂下来，那一声声

以头擂鼓的决心，只有地下亡灵们
伸出耳朵一样漫山的卷柏草听得见
它们放弃更多的念头而
越来越聪慧，而我困在
铺开的百丈绝命书中，疲于画押
水中藏着一百个要命的铁钩
谁要是有罪，就被其中
一百根绳索捆绑，谁要是输了
就被潮流冲到很远
我是那最后一批游客中
坐下来思过的人，看见很多人
从山门走来，终将成为俗物
看见瀑布从山顶流下来，一个时代
远去了，众多的脚步
有我凌乱的步伐，遇见的石碑和古杏
因为纯洁，成为可供怀念的事

记小瑶池

仿佛叶子黄到不受限制
仿佛滚落掌心的露珠，突然被吹平
月亮已经出山，一滴蓝水击中
一生的绝命处，那一刻我背着帐篷上山
群山捧出一个碗大的瑶池
递到面前，如果不拦住，它会更大
大得像卷柏一样蔓延，大到
可以出世，无论我多么老
也没有见过那么明亮的铜镜
能看见水底神仙，像鱼一样知足
像鱼一样把此生相忘，谁学会
它们散淡的背影，谁就会穿过制约的一面
来到人间，模拟假道士也好
相互做一个陌生人，你去红枫古道寻亲
我在猴王谷拍照，岸边一圈

长着穗花杉和银缕木
熟果落进池水，突然就停住
要走的时候，就停住
停在入世的那一刻，捧在手里的
小瑶池啊，仿佛出生入死的舞台

铜铃山峡谷

◎余　聪

一

一直喜欢幽深的事物
如雨后的巷子，百望山的古道
老家的竹林，还有今天的铜铃山峡谷
不必去探究它的发育，在构造运动抬升
和谷坡由坚硬岩石组成的地段
只需看见，四月的时节弥漫着芬芳
峡谷如画廊，那些自然写就的水墨画

二

泉水从源头的地底流出，兵分几路
水滴石穿，这些壶穴已历经千年雕琢
壶穴中水纹如碎玻璃片，闪耀着忧郁的光
我在很多地方都看见过这样的光
像目光，藏着不动声色的期望

三

峡谷里草木清新，弥散着光芒
空谷幽兰，谷不空也可见着兰花
温文尔雅的身影，就在一堆茅草间
阳光自诩照耀万物，想让兰花也沐浴

光辉，斑斑点点洒在路上，犹如
我们深深浅浅的脚步

四

小道上跳出一只松鼠
对外来的我们充满好奇，眼珠溜溜转
就像小时候的我，看着 V 形的峡谷
谷顶树枝一直延伸到很远的天边
光从裂缝中透下来，那是目光
也到不了的地方

五

有村民背柴，在峡谷中如履平地
柴火总让我联想到炊烟，想到故乡
路上偶尔遇见的陌生的面孔
他们也会想到故乡吗？我不得而知
哑然失笑，惊异于这样的时刻
我竟然在思念故乡

六

峭壁上绿树掩映，我不确定，在最高处
是否有鹰的窝巢。但我可以通过想象
一只形而上的鹰，就在树木之巅的天空
盘旋，一切就如我在家旁的沟边
常常所目睹的一样

七

人少，这些鲜花都是我的
野生的油菜花，迎春花虽已开过
蒲公英刚打开伞，还没来得及飞起
还有很多不知名的花，开在坡上
就像星辰，夜晚开在天空

八

鸟鸣属于树枝，树枝属于峡谷
蝴蝶的翻飞也属于峡谷，带起的风
在一只蜜蜂的眼前，变成了微小的风暴
吓得从一朵花蕊掉落，造成一场逃亡
溪边有柳依依，在微风中小心安顿
冒出的新芽，安顿梦幻的烟霞

九

戴盟先生妙笔生花写对联
"葫芦藏酒游人醉，虎口金鸡过客惊"
我不能像他一样，提笔染墨，即兴挥毫
也不会掏出小刀，于石壁刻"余聪到此一游"
我只想静静地来，然后静静地离开
如果可以，连脚印我都不想留下

十

从入谷到出谷，短短的三公里
却让我在这里沉静，人生就是这样

小时候不喜欢的东西，长大了也许喜欢
比如深沉，比如这条峡谷的幽深
在这样的峡谷中，我爱上了峡谷

过铜铃山（组诗）

◎虞素琴

铜铃山森林公园

过铜铃山的人都会步云登高踩石玩水
于回环曲折往来无数的天涯过客
相互打个照面便在森林公园迷了路
左顾找不到登山的梯子
右盼也不见了月光放下的缆绳
首先学学猴子爬树上蹿下跳
颠倒众生在峡谷景廓　峰回路转
再随百丈漈瀑布跌落平川
摔成迷死人的水花一朵

此生无缘在安福寺中消除孽障
许我在挂有瀑布的山脚下小住几日
那儿云山雾罩　仙气渺渺
我来到这里不慕鸳鸯只羡仙
吃土豆烤山芋煨红薯叹日月短长
饮清凉泉水　嚼树皮草根
提臀收腹醒脑　汲取天地精华
慢慢置换掉胸中积郁多年的块垒之气
携一张臭皮囊进去　出落为芙蓉女儿身

过栈桥时晃荡一下

过栈桥时底下的万丈红尘

被湖中山岚水气酿成的白雾锁住
幸好什么都看不见
她有恐高症提心吊胆过木板桥
不知哪个坏蛋　在空中喊
快把她颠下山去啊
她热爱生活　亲近自然
还常常背后说人坏话
她不是君子　也非女汉子
要命时她揪住了坏蛋的小辫子

过木栈桥时我也想晃荡一下
底下万丈深渊　掉下去会没命
但过栈桥时心慌手麻脚底痒
尘封在记忆中也想过把瘾的游戏
哪怕粉身碎骨　死无葬身之处
这个可怕的念头一旦冒出
突然有人蹦跶起来跺了几脚
"卟嗵"两下　幸亏滑下去不是人
是一部带有心跳与体温的手机

那夜在安福寺听禅

打开一扇窗　门对大青山
和山里排成行的林子眉目传情
整整一夜的促膝长谈
经山风洗涤　清泉濯足
早已返璞归真宠辱两相忘
在这样一位乐山乐水的大师面前
所有话语权被驳斥得哑口无言

那夜与有缘人在安福寺听禅
被头戴方巾的德道高僧点化神功
文成我已爱上你的虚怀大度
如果再听下去就肯定赖着不走

大妮子迈不开细花小碎步
她左脚深　右脚浅
清凉蒲扇摇晃着人间
并一腔坐于西坑畲族山坳内
心想如何结庐抱石醉卧于溪流旁
听泉水叮咚一路穷追不舍

"好诗人在去往文成的路上"

向南行驶几小时车程就到了文成
"好诗人在去往文成的路上"
而戛然止步　拐弯抄小路
恰似秘密挺进大山的游击小分队
身上沾满了落叶松针与泥土的清香

怀揣不可告人目的　或游山玩水
或摇唇鼓舌抚琴弄月名曰采风
崖潭碧水清澈澄明能否过滤俗世纷扰
百丈漈飞流直泻 207 米的高度落差
没能抵挡住冒险掠奇为之殷勤探访足迹

既不来寻花问柳也不是刨根问底
"好诗人在去往文成的路上"
只想蹑手蹑脚尾随其后
悄无声息潜入秀山秀水岩门大峡谷
淹没在朝花夕拾的流光溢彩中

隔空相望 （组诗）

◎张　静

百丈漈

倾泻，低处因承受而颤抖
在颤动中，漩涡纠集了汹涌的力

在内心的风暴中，黑暗是一种比喻
它框住了命运的未知部分

一匹瀑布山歌式的想象，灌满了头颅
那喧哗来自奔赴和自由，那目光属于孤悬

"生活如此湍急"，我要向不爱的事物说再见
将一颗野心放牧于山谷

应该还有别的，比如仰望中
一再加速的线索

一再加速：诗歌恢复了弹性
当一个人倾注，血液就有了飞溅的勇气

在上升和跌落间失去界限
但决不放弃澎湃和深渊

铜铃山

渴望山水
渴望一匹布的地方主义
渴望哗啦啦的血液撤销尘世的悲伤

那些由沉醉带来的云雾，经久不息
经久不息：一只盘旋的鹰属于天空
奔腾的理想属于山谷

当快与慢深有所属
请允许我如此抒情——
那蓝色的，丝绸的，同时也是诗歌的：
波澜中的深省，以及
洞悉时代的思想

那是自然的，也是人间的
那是世界的，也是心灵的
那是一种遥远，也是一种抵达

多么无限啊：铜铃！
一件响器意味着
一副健康的喉咙

小瑶池

那水是传说，是梦，是永爱
是一泓盛产寂静的亩田

所有天空都来过了
所有天空都完成了速度和豹子

这烟波浩渺的湖面多么沸腾
它剔除一个人内心的荒凉

如果远眺是一种掏舀
他舀到了湛蓝，而忘了忧伤和裂隙

写一首诗给铜铃山 （组诗）

◎白瀚水

走近铜铃山

听一座山的故事：
我坐在很轻的风里，银色落满山顶。
银色不是灰尘，
也不是语言的颗粒，
银色的光从山顶的树上滑落，
像是有生命一般滑向谷底。
有一只蚂蚱，有一片树叶，融进了它生命。

走近铜铃山：便是要倾听这种融合，
听柔软的事物与坚硬的灵魂。

——碰触的过程，
似乎有些物体静止在空旷的时间里。
似乎有说禅的僧人从林中靠近，
把奇特的脉动传递给人生。
我像一只麻雀，
小心地避开夜晚，避开有色的人类，
谨慎地飞行，如同父亲这些年，谨慎地生活。

声色：在铜铃山的我

万物不可重生，
但可以试着追溯一条木船，

追溯河水的源头——
或追溯一尾鱼的跳跃，重现生与死。

过去的事，未来的事，
尽在空旷中。
尽在不言中：深度接触词语的虚伪，浅薄，
接触人间的毒，
原来美好之物总会有些锈迹。

但我是另一件称为明媚的物体，
是水平线对面，
显而易见的白。
用以洗涤其余的名字。

水底，植物之外的坚硬和柔软：
跳动的水彩，
一部分是我，一部分是铜铃山的薄雾。
野草如当初知己，星光：
我长出翅膀。

青云志

——在这里，
银钟花与石头有说不清的前世今生。
我与抽象画中的黄昏也一样。
山谷，水声，石头，
都是唱不完的歌，
随着一度花开，时光弹指，又被新的名字隔断。
那轻微的响动，
轻微流淌的思绪和麻雀，
似乎在我的另一具身体里与颜色共鸣——

形成时间的两极。
一端是不知名的物体在光阴里，

一端是银色蒙上灰尘，
如初见的铜铃山。
它是无边的，
也是绸缎般流淌的词语。

与文成的一只鸟对饮

◎湮雨朦朦

飞云湖像是百鸟之母，一粒粒水珠
诞出一只只鸟儿，一缕缕清风飘出一缕缕
瀑布；
听说，那些杨梅树是一只翠鸟的孩子
又听说，硕大的梅子都成了酒
被美人和媒人酿出
寻着酒香，另一只大鸟竟然向我招手
"文成"，忽然两个大字
像月光，又像太阳
我恍惚
不知是幻觉还是梦乡，四周孔雀的羽毛
堆积，说话，
百年一遇的鸟语难道就是这样？
多么奇特。岩石与树木
蛙鸣与潺潺，混合着红色的梅子香
酒声一再传来，我得倒上一杯，找到
那只鸟
把它敬成今晚的酒神
把杨梅酒喝起来，喝成百年的月光
在这方宝地，支起帐篷
暗藏一匹瘦马的忧伤，对应古道里
蓝色的月亮

文成诗札（组诗）

◎梅苔儿

落草铜铃山

是时候擦亮眼睛了。在铜铃山
野花是春天的瞳孔
云朵是天空的瞳孔
流水是光阴的瞳孔
而壶穴瀑，我心灵的瞳孔
以舍身之态，扑过来

"凡有瞳孔者，皆有均等的灵魂"

在人世日渐磨损的事物
又一一返回。安宁，干净，蓬勃
我落草深山的筹码，都在这里
山石，植物，小兽
或者鸟雀翅膀里裹藏的风

山有攀缘之意，水有流泻之心
这一上一下，一升一降
山愈发辽阔，水愈发透明
万物在山水间互换瞳孔
互为镜，互为盲症的解药
而此刻，我的瞳孔
装下整座铜铃山，却还在一步一步
向那纵深处走去

百丈漈断想

要预埋多少年
峭壁的胸脯，才能倾下
风暴，积雪和雷电

水从巅顶来。成光束，成火焰
这揪心的冲决之美
唯高山可以号令。落下
那些凸出或者凹陷的部分
是流动的光阴。不露痕迹地
融入人间烟火

风把泪吹落
还有整湖的水，正沿途赶来
我说不出的
你也必定说不出
爱——
自天而降
容不得半点含糊

红枫古道遐思

石板路通亭台，通茶堂，通寺庙
古枫树已礼佛千年，参天。却永远低于佛

秋天在古道低低游走，仿佛触手可及
拾级而上。人和事物，如纷飞的落叶
瞬间又占满心扉。悲在，喜在
嗔痴一直都在。我无法了悟

上大会岭，地上厚厚的一层枯叶

下大会岭，地上又加厚一层枯叶
可我一眼望去，红叶还是漫天的云霞
像声嘶力竭地唤一个人
要等到答应才肯落下

峡谷景廊走笔

峡谷被塞得太满，有些失重
像一个人倾斜着身体
袒露丰富而隐秘的内心

在瀑布下面站得愈久
愈觉得自己面对的是一面镜子
身体内部的巨大阴影
会明晃晃地跑出来
闪耀重金属的光泽
我负重已久。错过的
山峦，流水，火焰，土壤
它们一直候在景廊，等明主

绝壁上的一块石头落下深渊
没有下坠的轰鸣发生，也没有回音
我走过峡谷，又走回来
像走完了整整一生。依旧贫瘠

对那些又朴素又珍爱的事物
空怀占有之心

铜铃山，如歌行板（组诗）

◎赵洪亮

春天，印象铜铃山

宣纸上的铜铃山
草尖鹅黄泛绿，三千缕春风吹醒浙南文成，吹醒油菜花
吹醒岸边的柳枝和划船浮出水面的草虾

山水萌动，铜铃峡，壶穴瀑布、栈道、斗潭
梯田错层的部分
抬高一下，竹林与油菜花布局碧绿，金黄
依次展开。季节在时间里摆渡
苍茫的大地被春风吹醒，被一朵油菜花擦亮铜铃山的内心

侧身，有巧手
把时间修剪成花海，令山谷陷入明媚
花粉，蝶影设的局，铜铃山辞退所有的孤独
季节安排清风，点化枝头，长出金黄的溢美之词

侧耳，石缝里溪水陪着传说咕咕倾诉
不得不承认
铜铃山的春天比往日更美几分。我掏出褶皱已久的心情
品读一座山，内心的小羚羊饮着山风慢慢复活
跳跃着想奔跑

淡彩江山
翠绿反光，被光线擦亮
白郎漈，像路上遇见的惊讶，我的标点无法在一棵

开满桃花的树上停下

而赶路的风婆
捡起绕过壶穴潭水柔软的部分
高音不绝于耳的瀑布
伸出右手，搜集一羽羽光线秘制回声

挪步远望，年久失修的故事
在铜铃山焕发青春，盛景社稷，江山丰饶
背景里，绽放花朵的古树，诱惑一只长尾雀在枝头左顾右盼

仲夏，寻飞云湖谜一般的身世

站在岸上。我像一枚安静的词
把脚步放在原地一动不动，让静默的湖水从内心流过

太远的距离不足以蛊惑
环湖，那些野花，矮树，速生杨无法掌控各自的未来
就像这湖，臂弯里的春秋，居然像一段虚构的宝石

两岸青翠
目送春去夏来，相隔不远的青竹林
是否有一位隐姓埋名的僧人在那里轻敲法器
度满坡的野花，安静的轮回

湖水，呼吸平缓
无所谓悲喜，无所谓信仰
任沾满虫鸣的风声，一遍又一遍把它内心的疆域
吹得干净辽阔

天蓝风清
通往波面的湖光山色
粉中寓白，云霞雾霭，或像雨后的莹润，或像
回眸胭脂的羞涩，更像是某种证据

在时光里触摸竹林与碧水的柔软

我顺着荷香
将一些花色，想象唤来，从水上邀请仙子万千
再邀一千只风的软耳
与我一起聆听风抚荷叶的琴声

夕阳缓慢变老
一只山雀驮着光阴飞进苍茫
我们共同被飞云湖诱惑
寂静的湖床，这一刻，我只是想，想把飞云湖唤醒，在
两岸寻找它谜一般的身世

浅秋，从铜铃峡景区分行走过

喜欢一种慢
更喜欢文成从词韵里起身
随一群麻雀的童音，展翅，飞往铜铃峡景区

山花一路陪着
纺织娘无所顾忌地弹着，落在草丛的尾音
弯曲着身后的小径。空山静美，花斑雀的嘴角噙着清风鸣唱

山路平缓
让人一下子可以看透它玲珑的内心
而时间一直弯曲在路上，除了几只蝗虫
还在摆弄自己的琴弦，静谧成了唯一在心头晃动的影子

有诗句在弯道分行走过
屏蔽虫鸣与鼾声，一枚枚叫静的词，如羽，落地无声
一滴水的密语
把水墨景区的野果、碧潭、秀滩、奇石一一点亮

站在高坝前，我和秋风一样

让一地黄叶铺满传说的甬道，浮想溢洪闸开时百红悬空的
　　震撼

无法参透
大自然的修为何等了得
只能打开想象的翅膀，留恋在峡谷，阔叶林
湖水，野花奇果的海洋，陪诗句一起探访铜铃峡的秘密

初冬，在古道与红枫谈美

大会领。领头，领脚
十里红枫
阳光的种子在天地间打开各自的信仰
被细风吹过的古树，枫叶，九山十八峰饱满丰盈

古道，我们谈论草木的野史
听风吹开蒲公英轻盈的羽毛，吹开山中最后一朵
还在犹豫的花蕾

风，收集绝色
夹在诗句里，我不想让它飞
遐想，比动车还要急切，沿着古道，猩红浸染的世界
与初冬握手言和

大会领
这些红枫都是你喂养的吗
我是否可以，可以做你枝头上的红叶
哪怕是最小的一片，或是躺在你的怀里撒撒娇，像一位
热恋中的少女，说些可以佐酒的甜言蜜语

是的，红影
在林中手挽着手，与游人闲聊
被阳光柔软的典故，正用一个季节的真诚
将山谷的精华浓缩在一片红叶上摇曳禅意

不是吗，石阶，枫叶纯粹
干净，犹如那晚我饮下的一杯月光

以至于，让我想起红枫，想起她额头上的红云
想起清风的手势，想起赋予灵性的飞鸟，想起丹枫的拥抱
柔软如花，温度正好

初冬，在古道与红枫谈美
所有的激动，都显得向阳愉快，直到一只彩虫从树影里飞过
没有慌乱，和大山侧身让出来的光线正好吻合

在铜铃峡谷隐居可好

◎赵西忠

在龙井潭畔隐居可好
不用水泥的碧瓦，只有
一捧茅草，牵引迷蒙的月色
用山雀衔来的种子，栽一排山花
当篱笆，在屋后开一小块土地
里面种上稻谷、蔬菜、四季的瓜果
然后从经久不息的泉水里
引一汪碧水，用于煮茶和浇灌
晨起的鸟鸣是最好的闹钟
在仙人床上，迎着曦晖
读一卷书，静享
峨冠博带的飘逸，或在
有雨的黄昏听一曲琴音
抑或在薄暮里蒸一瓮黄粱
也许有只松鼠会爬进窗台
夜里，在松涛里数着星空的浩瀚
倦了抚着水中的游鱼，听着
壶穴淙淙的流水睡去
在铜铃峡谷隐居可好

铜铃山，耸立在心灵之远 _{（组诗）}

◎赵长在

刘基庙，或刘基墓

华盖山还在。夏山还在。民国的石碑还在
唯独不见生于斯、长于斯的故人刘伯温。一方古墓
一片松柏，一座庙宇，阅尽光阴荏苒

通经史、晓天文、精兵法的刘基
把辅国大业，交给大明王朝。立德、立功、立言的
人生传奇，多像不老的青山，长流的绿水

沧桑的历史，可以作证
五百多年的古庙，可以作证。扶椅式的卵石墓墙
可以作证。王佐或帝师的称谓
千古人杰的风范，比山高，比水长

古风悠然的刘基庙，古朴的刘伯温纪念馆
高大庄重的牌坊，接续着辅国良臣的大儒大雅之风
山上的草木，墓地长青的松柏，都在赞佩
一个人的经天纬地之才

千古遗风，嬗变成文成人杰地灵的灵脉
山水重重。将仰慕与敬重，放置在波涌的飞云江水
当我隐在夏山山麓，写下内心的崇敬
刘伯温的名号，便始终萦绕在深深缅怀

泛舟飞云湖

何止是湖光山色，峰奇湖秀。碧波浩渺的
飞云湖，给绿色生态的文成，圈定了最美水域界线
悠扬的畲族山歌，茂盛的森林，岸边的青山
在云虹缥缈里，流成醉美的诗情画意

泛舟湖中。葫芦岛、七星岛、梅坑底
宛如画中仙女。灿若桃花的面容，清若湖水的风情
柔若无骨的身姿，教人如何不爱上她

一如波涌的情愫。独自跌落在一面明镜
镜中的奇峰、雄瀑、美溪，白鹭，让山与水融合
情与景融合。心与湖融合

从水路来。众多慕名而至的人
分享着飞云湖的至美。在清幽碧澈的湖畔，每一个人
都是醉的。心醉，情醉。爱恋里的飞云湖
忽而变成舟船，忽而变成青山

船靠岸。长长的情思，还在湖上停泊
怅惘里，一次次回望湖水。曾经深情地爱过飞云湖
无论何时说起，都情乱神迷，意犹未尽

思悟，从红枫古道穿过

秋风浸染。七十余条古道，三千多棵古枫
上千年的建造史，见证了一条条古道的兴盛与衰落
古道边的摩崖石刻、白云庵、古寺庙
古道上的茶亭、路亭、山泉、石桥，应该记得

一道道树门，应该记得。一级级石阶，应该记得

一座城市的安宁与和美。古道与古枫的
完美契合，让斑驳的古道，飞舞一片片云霞

掩映于青山绿树中的古道
用似火的红枫，讲述着千年的岁月更迭。连通文成
村村镇镇的古道，在大会岭、龙川岭、松龙岭
岩庵岭，凝结成生生不息的精魂

一线上山的石径，多像一条历史长线
缝缀着文成地域文化的兴盛。文化与生态环境的
交融，让红枫古道，成为寻梦的佳境

穿出丛林的古枫，犹如森严的壁垒
拱卫着文成的平安与祥美。时间的断面上，长满
青苔。文成先民的智慧与创造，目光的高远
多像一枚枚枫叶，点燃光阴深处的火

行走在古道上，仿佛行走在云霞里
石级上的落叶，山中的雾霭，青翠的竹林，弯弯的
古道，多像被风尘擦拭光亮的一盏心灯

依稀看到一个个挑着担子的山民
正攀爬在红枫古道的兴衰史。繁盛与衰败
如同上岭和下岭

和畲族兄弟谈一谈血液里的事情 （组诗）

◎朝　颜

吃乌米饭忆民族英雄雷万兴

我闻到乌米饭的清香，是在三月三这天
雷万兴冲出敌军的重围，也是在三月三这天

回到唐朝的那个隆冬
我的畲族先民，在世上活着多么单薄
困在一座山中饮霜露，咽风雪，啖草木枯黄
"去吧，去寻找果腹的食物……"

他们干净、善良，早已摸透了大山的脾性
天地报之以乌稔果，就像泥土还刀锄以番薯
一个民族，会有既定的危局
也会有山重水复的光明和未来

后来，畲族的儿女像乌稔果一样
累累结实，四散落地
我只是其中的一个。在赣南的山脚下
我盛上的乌米饭，热气腾腾
必先敬雷万兴一碗

和畲族兄弟谈一谈血液里的事情

比起五花八门的传说，更加可靠的
是一张代代相传的祖图，还有

从凤凰山开始向闽浙赣，向大地的四个方向
流淌延伸的血脉

在西坑，我有理由坐下来
吃一碗乌米饭，看一场竹竿舞
这里有"三月三"，这里的糍粑
和我祖母做的一个味
每次看到"盘、蓝、雷、钟"的字样，我
都要流泪，都要将他乡认作故乡

现在，请允许我将灵魂里最隐秘的部分
全部打开。允许我和畲族兄弟
谈一谈血液里的事情
是的，我们的祖先曾在同一座山上
结庐，开荒，辟地，种茶，织麻，养育
凤凰一样美丽的畲族姐妹

我们谈论盘瓠，以及高辛氏
谈论各奔东西的亲人，谈论那么多的
非遗项目，还有多少个传承人
我剪不好纸，织不出彩带
唱不了一首畲歌
出嫁的时候，也没有穿过凤凰装

我的畲族兄弟啊，请原谅我满面羞愧
两手空空，请原谅我只剩下
血液里的浓度，和住进命中的爱

在畲乡观木偶戏表演

穿红戴绿的木偶，虽然各有各的命
终究不过是他人手中的傀儡

看哪，他们的腿脚多么灵便

表情多么丰富，唱念做打，腾挪踢跳
像怀着多么深刻的喜怒哀乐
但是春风与他们有何相干，这遍地的花朵
与他们有何相干

提线的人，并没有苦大仇深
却将一折戏唱得婉转哀凄
他已习惯，自己对自己磕头
左手和右手过招。一个人
替许多人倾诉、歌唱和领受苦痛

站在戏台上，人生已活过半
似乎每天的嬉笑都是别人的，哭泣也是
如果他一直演下去，替别人活着
将是他终身无法挣脱的命

那些在人前亮相的木偶，和背后操纵木偶的人
究竟谁比谁更接近真实的人生
我还得再细细思量

铜铃山：山水成画，文成版图上的绝句与小令 (组诗)

◎周维强

小瑶池

把心浓缩成一滴晨露
栖在一叶草的叶尖，太阳的光
足够充足
就能在这灵魂的镜子里
觅到尘世的安宁

——传说，王母娘娘在此洗澡
传说，一滴晨露，是铜铃山
疗治喧嚣的，一粒良药

百丈漈瀑布

盛大的交响
有的拉琴，有的吹笛，有的击鼓
有的面对这磅礴的气势
一味地，发出喟叹

水珠在水珠里纯净
心跳在心跳中感叹

你喊一声
零零碎碎的散曲，就落在铜铃山的乐谱上

指挥家站在最高处
它沉默，只是挥动着手中的指挥棒
让美，自己言说。

红枫古道

一片枫叶是怎么红的？
一块石头阅读着铜铃山的秋色
发出迷人的疑问

枫是红枫，道可是古道？
心思里有绝句
爱情中却不一定有江山

让那些红色的枫叶，自己落下来
走完纷纷扬扬的一生
一如你我的旧时光
不敢回首，却总在彷徨中前行

铜铃山记

◎周西西

1

爱上一座山，从它的名字开始
铜铃。我仿佛听到几声清脆的铃音
压低了鸟雀的鸣叫

晨起进山，有薄雾，山无声
只有倾听的耳朵
在山水间，沿着春天的脉络认领乡音

慢一点，再慢一点。落后于
所有人和自己倾斜的影子，侧身
走进那些缓缓流淌的绿

2

都是赶路：溪流往下，我向上
同饮草木之露
十万株野花暗藏春天的秘密，风一吹
好像故友重逢，忙着叙旧
抒情和惊叹：铜铃峡那条大拉链
把所有好日子全部打开，向阳生长

……铜铃山。铜铃山。我一遍遍
默念这个充满金石质地的名字

用方言里的铆钉，轻轻敲打柳暗花明

3

取一段瀑布填进龙潭壶穴，铜铃声
唤不拢天空走散的羊群
石头的铃、树的铃，一起被山风敲响

歌谣的出处，瑶池如银镜
日光粼粼，仿佛正在慢慢往天上回流
水鸟不懂修辞，顾影自怜，看不见
时光的外壳上沾满清莹水声

4

铜铃山，作为本地最英俊的男人
没有比白郎潀更得体的项链，也没有
比红枫更具个性的头发
超脱，沉默，坚忍，不忘初心

石头一样硬朗的天气里，绿的风
从林梢落入溪潭和草地
仿佛神谕的旨意：时间不老，灵魂不老

5

再慢一些。在反复咀嚼的眼睛里
看到自己的归隐之心
没有一种错过可以被原谅。如果
我能够登上树叶飞翔，就会采到最近的白云

在铜铃山，我只愿以慢为马，压低

整个世界的声音，在 2755 公顷的疆土上
在生活的高处

铜铃山上，我是一个从梦里出逃的人

◎庄海君

铜铃山的梦是轻的，从山脚的树影数起
晚风边缘，夕阳依然红，饱含一山的沧桑
或一城的繁华，没有一种日子是多余的

是一条青石小路，悄然走进秋天的眼眸
在时间之外，画下蓝天白云的记忆
如果我是一条河，有着壶穴瀑布的高度

今年重阳，阳光重叠着我的往事
用满地的身影祭奠这一段流觞的岁月
再一次用落叶唤醒晚秋，与森林栈道的光芒

在铜铃山，删除生活的繁枝末叶
我是一个从梦里出逃的人，独步黄昏
山顶有风，风是山静默的一种心情

满目的绿线条，漫天的蓝旋律
以草木的形式，从亭台泉池走出来
收集声音，卸不下天与地的辽阔

翻过这个山岭，就能察觉文成的秘密
不远处，"飞虹""斗潭"，与我们遥遥相望
应该有这样的一个情节：月是故乡明

图书在版编目（ＣＩＰ）数据

美妙文成 / 慕白主编. -- 武汉 ：长江文艺出版社，
2019.7
ISBN 978-7-5354-9433-7

Ⅰ. ①美… Ⅱ. ①慕… Ⅲ. ①诗集－中国－当代
Ⅳ. ①I227

中国版本图书馆 CIP 数据核字(2019)第 051484 号

责任编辑：胡　璇　　　　　　　　责任校对：毛　娟

封面设计：江逸思　　　　　　　　责任印制：邱　莉　　王光兴

出版：长江出版传媒　长江文艺出版社

地址：武汉市雄楚大街 268 号　　　　邮编：430070

发行：长江文艺出版社

电话：027—87679360

http://www.cjlap.com

印刷：武汉市首壹印务有限公司

开本：720 毫米×1020 毫米　　　1/16　　　印张：18.75　　　插页：2 页

版次：2019 年 7 月第 1 版　　　　2019 年 7 月第 1 次印刷

行数：7700 行

定价：39.80 元